お嬢様は
ヒミツのアイドル！
小説 あらおし悠
挿絵 草上明

登場人物紹介

Characters

三《さん》之《の》宮《みや》涼《りょう》香《か》

大会社の社長のお嬢様。清楚で真面目、学園でも常に注目の的。ちょっと天然でほわほわなところも。

雨宮《あまみや》いりす

『虹の国』から日本に留学しているアイドル。ハイテンションな芸風だが歌唱力は天下一品。

鳴《なる》滝《たき》彩《あや》音《ね》

涼香のメイド兼、いりすのマネージャー。しっかりしているが、融通が利かない一面も見せる。

戸《と》波《なみ》佑《ゆう》弥《や》

アイドルマニアの少年。今はいりすに夢中であるものの??

序章　お嬢様とアイドル

その日、戸波佑弥《となみゆうや》はいつになく朝から上機嫌だった。

一時限目は臨時の集会が開かれるというので、全校生徒が体育館に集合。冬休みが明けたばかりの冷えきった空間に文句を言う者もあれば、数学の授業が潰れてラッキーと笑う者も。佑弥も、どちらかといえば後者のグループだ。

「それに……これもあるし」

佑弥は、制服のポケットに収まっているデジタルオーディオプレイヤーを確かめた。そこには、昨日発売になったばかりのアルバムをコピーしてある。何の集会かは知らないが、もし学園長のつまらない話が続くようなら、これのお世話になればいい。

しかし、その必要はなかった。

「我が学園に、またひとつ名声がもたらされました。昨日の音楽コンクールで、見事バイオリン部門の最優秀賞に輝いた、三之宮涼香《さんのみやりょうか》さんです」

学園長がステージの袖からひとりの女生徒を呼び寄せた。

栗色の長い髪に、蝶がとまったようなピンクのリボン。ゆっくりと、優雅な足取りで現れた少女に、男子はもちろん、女子までが感嘆の溜め息を漏らす。彼女が一礼するのを見て、思い出したように拍手をし始めるほどに。ただ、称賛の中にも意外性はない。

「三之宮さんなら、当然だよね」

　女生徒のお喋りが、全員の気持ちを代弁していた。おっとりとした外見に似合わず、成績優秀、運動も得意で、幼い頃から、様々な習い事をしているという。バイオリンもそのひとつ。きっと、世界的に有名な講師から習っているに違いない。

　何しろ彼女は、国内有数の大企業の社長令嬢。学園内で知らぬ者はないお嬢様だ。父親は、元は小さな食品会社を一代で知らぬ者のない大企業に育て上げた傑物。現在では、映画製作やイベント興行など、畑違いの分野の企業まで買収し、傘下に加えているという。

　三之宮涼香という少女は、その日本の経済史に名を残すであろう大人物の一人娘。まさに絵に描いたようなお嬢様なのだ。

　だが、それをひがんだり妬《ねた》んだりといった話を、佑弥は聞いたことがない。

「みなさん、今日は、わたしのためにありがとうございます」

　マイクもないのに、穏やかな声が体育館の隅々まで行き渡る。立っている姿にしても、凛と背筋を伸ばしているのに、少しも力んだところがない。

　涼香が、手にしていたバイオリンを構えた。目を閉じ、小首を傾げ、まるで眠りにつくように黒い肩当てに頬を当てて。弦に弓を当てると同時に、生徒たちの拍手がぴたっとやんだ。まるで、彼女自身が指揮者であるかのように。

（……これが、生まれ持ってのスター性ってやつなのかな……）

　入学後、同じクラスになった涼香に、佑弥は、ひと目で惹かれた。小柄な自分よりも背が低い少女に、保護欲を掻き立てられた。だがそれは、見た目だけの話。今にして思えば、真っ直ぐに相手を見詰める力強い瞳は、ただ者でない雰囲気を窺わせ、そして、自分の第一印象が間違っていたと、佑弥はすぐに知ることとなった。

五月の連休前、授業でディベートを行う機会があった。しかし、授業にならなかった。二組に分かれて意見を交わすはずが、彼女ひとりに全員が説得させられてしまったのだ。高圧的でもないのに、従わずにいられない。穏やかさと威厳を兼ね備えた不思議な少女。何ひとつ発言できなかった佑弥は、最初とは別の意味で、憧れた。

彼女が大企業のお嬢様と知ったのは、そのすぐ後。もともと人見知りな性格も災いし、高嶺《たかね》の花を遠くから眺めることしかできず、同じクラスになって一年近く経とうというのに、気づけば、ろくに言葉も交わしていないのだった。

（ただのサラリーマンの息子が、大企業のお嬢様と釣り合うはずないもんな）

諦めの溜め息を吐き、改めてステージを見上げる。そこには、まるでスポットライトを浴びたように輝く少女の姿があった。

制服である濃緑色のブレザーも、涼香が着ればまるで上品なステージ衣装。演奏は穏やかな彼女に似合った、子守歌のようにゆったりとした曲。やや反り気味に胸を張り、ほぼ水平に楽器を構えた姿は、佑弥の眼に、小柄な彼女を実際以上に大きく映した。

名演奏の興奮は、その後もしばらく冷めなかった。昼休みに入っても、昼食を抱えた女生徒が涼香のもとに押し掛ける。

佑弥は、そんな光景を横目で見ながら、ひとり教室を後にした。無人の非常階段の踊り場で手すりに寄り掛かり、爪先でリズムを取る。

（――♪）

制服のポケットには、例のデジタルプレイヤー。イヤホンからは、軽快でテンポのいい歌声が流れてくる。最近お気に入りのアイドルが出した、ファーストアルバムに聞き入っていたのだ。本当は、温かい室内の方がいいに決まっているが、誰にも邪魔されない環境で聞きたかったのだ。

もちろん葛藤《かっとう》はあった。涼香の素晴らしい演奏は、まだ耳に残っている。それを打ち消すのは、憧れのお嬢様に申し訳ない。

（でも……クラシックってよく分かんないんだよなぁ）

説明はあったはずなのに、彼女が演奏していた曲名すら思い出せない。教養のなさをごまかすように、佑弥は、大好きなアイドルの歌声に逃避したのだった。

ロック調の曲は、伸びのある声で力強く、そうかと思えば、耳元に語りかけるようなウィスパーボイスで聞く者をドキッとさせる。自在に歌い分ける器用さを持ちながら、テンポの速い曲になると、なぜか舌足らずになる不思議な歌声。

妙に耳に残るそのアルバムを、実は昨夜から何度も何度もリピートしていた。それはもう、収録曲の歌詞を全部覚えてしまいそうな勢いで。

「はぁ……。やっぱり〝いりす〟の歌はいいなぁ……」

ポケットからCDを取り出した佑弥は、リズムに乗りながらジャケット写真を眺めた。七色の虹をバックに、写真とは思えない躍動感でジャンプする、小柄で派手な衣装の女の子。それが、佑弥が近頃ご執心のアイドル〝雨宮《あまみや》いりす〟だった。

元気という言葉を絵に描いたような、ハイテンションアイドル。ジャケットの写真からも、弾けるような彼女の魅力が溢れている。青いブレザー型の制服をモチーフにした衣装が、雨宮いりすのトレードマーク。赤のチェック柄スカートとペチコートが、ジャンプの勢いで舞い上がっている。そのため白い太腿が付け根ギリギリまで露わになって、全体的にポップな仕上がりの中、そこだけ妙に生々しい。可愛いのだが、女の子の身体に免疫がない佑弥には実に目の毒だ。

「それにしても……これ手に入れるのに、あんなに苦労するとは思わなかった」

改めてお宝を眺めては胸を撫で下ろす。昨日の放課後、この辺りで一番大きなCD売り場のある駅ビルに向かったら、新譜コーナーに残されていたのは販促ポップだけ。午前中には売り切れたという店員の話に耳を疑い、慌てて心当たりのCDショップを当たる羽目になり、そして四件目にして、今手の中にあるこれに巡り合えたのだ。

「余裕で買えると思って、予約していなかったのが失敗だった……。正直、そこまで人気があるとは思っていなかったからなぁ……」

雨宮いりすというアイドルは、実は、見る者によって案外好き嫌いが激しい。ピンク色の長髪に、原色いっぱいの派手なファッション、そして妙に高いテンションで、一部の人には、いわゆるおバカキャラとして認識されているらしい。

「だってなぁ……あの設定はなぁ……」

佑弥はひとりで苦笑した。いりすは、虹の国のお姫様で、日本へは留学で来ている――という設定。テレビでも、特にバラエティに出るたびそれを説明しては芸人に突っ込まれる、というのが毎回のパターンだ。彼女のキャラ作りを楽しめるか否かで、受け取り方も変わるというわけだ。

「俺は好きだけど……この辺りにも、そんな奴が結構いたってことか」

まだ見ぬお仲間を思っては、ジャケット写真のアイドルを眺めてにやける。傍《はた》から見たら相当に気持ち悪い光景に違いないが、周囲に誰もいないので完全に気が緩んでいた。

「ああ……いりすは小さくて可愛いなぁ」

かく言う佑弥も、背丈はクラスの中では前から数えた方が早い。胸板は薄くて手足も細く、瞳の大きな童顔のせいで、女の子に間違えられることも珍しくない。それはそれで悪い気はしないのだが、やはり、顔のことを言われるのは恥ずかしい。おかげで、他人と距離を置く癖がついてしまった。

「そうだよな。可愛いっていうのは、この娘《こ》みたいな女の子に使う言葉だと思うんだ」

誰に主張するでもなく、独り言を漏らす。初めて見た時から変わらない元気な笑顔に、佑弥は何度も癒された。

雨宮いりすのデビューは、一年ほど前。たまたま観た深夜の音楽番組で紹介されていたのだが、その後すぐに、強烈なキャラクターでゴールデンに進出。今ではバラエティ番組には欠かせない存在になっている。明るく健康的な笑顔と、物怖じしない、それでいて親しみやすい喋り方は、他人と話すのが苦手な自分には眩しく映る。気がつけば、彼女の出ているテレビを、常に追いかけるようになっていた。

自分が目立たない存在であるせいだろうか、佑弥は、どうしても個性の強い女の子に惹かれてしまう。三之宮涼香や、雨宮いりすのように。

（……そういえば、少し似てる……かな？）

柔らかそうな丸みのある頬。垂れ気味な瞳。ぽってりとした小さな唇。濃いメイクで分かりづらいが、どことなく面影がある。

しげしげとジャケット写真を眺めていたら、予鈴が鳴った。

「……おっと……そろそろ教室に戻らなきゃ」

切りよく、最後の曲が終わったところ。もう一度再生したい欲求を抑えてイヤホンをポケットに押し込む。その時だった。

「……くすくす」

どこかから、誰かが笑う声が聞こえた。音楽に夢中で気づかなかったが、他にも誰かいたのだろうか。狭い非常階段で、人のいられるスペースは限られる。嫌な予感に、恐る恐る視線を巡らせた佑弥は、背後にいた人物に激しくうろたえた。

「んな…………なッ⁉」

「……ごきげんよ、戸波くん」

佑弥のいる踊り場を見下ろすように、少女が微笑みながら座っていた。舌足らずな、それでいてよく通る、蕩《とろ》けるような甘い声。長い栗色の髪と、長く尾を引くピンクのリボンが、風に乗って優雅に揺れる。

「さ……三之宮さんっ！　ど……どうして、こんなところに……」

佑弥は思わず胸を押さえた。心臓の高鳴りが収まらない。動揺のあまり、目線が泳いで定まらない。憧れのお嬢様がこんな近くに。しかも、彼女の方から話し掛けてくれるなんて。それだけなら、緊張はしても嬉しくて舞い上がっていたことだろう。

（なのに、何でこのタイミングなんだよ！）

独り言を呟いては、ＣＤの写真を見てニヤニヤしていた自分のビジュアルに蒼褪める。まさか、彼女に、あれを、全部、見られていたのだろうか。

「うん、ちょっと。疲れちゃったから休憩」

しかし彼女は、唇を綻ばせるだけで、佑弥の恥ずかしい姿には言及しなかった。両膝に頬杖を突き、前屈みで疲れたように溜め息を吐く。察するに、音楽コンクールの話を聞かせてとか何とか、クラスの連中にしつこくねだられていたのだろう。

（それにしても……な、なんか、いつもの三之宮さんと違うな……）

醜態をスルーされたことに安堵と不安を感じつつ、彼女の様子に違和感を覚えた。

やや垂れ気味のキラキラ輝く大きな瞳や、柔らかそうなぽってり唇は、いつも通り。寒さのせいで、なだらかなラインを描く頬がほのかに赤いが、それすら、幼さを残す容貌の彼女にはよく似合う。

今は座っていて分かりづらいが、身長は佑弥よりも十センチほど低い。アイドルの水着写真などを参考に佑弥が見立てたところでは、その胸はDカップ以上。

ウエストやヒップは、さすがに制服の上からは確認することはできない。しかし水泳大会の時に見た水着姿の、キュッと締まった細い腰や、まろやかなラインを描いて張り出した可愛いお尻は、今でもこの眼にしっかりと焼きついている。

ブレザーと同色の、チェック柄のミニスカートから伸びる脚も細く伸びやかで、白いハイソックスの足首がキュッと締まる。

どこをとっても完璧な、厭味のない造形美。しかし、笑みを湛《たた》えた表情が、そこはかとなく意地が悪い。まるで、悪戯に気づかない相手が面白くて仕方ないとでもいうように。

「戸波くんこそ、どうしたの？　こんなところにいたら、風邪を引いてしまうわよ」

髪を揺らして小首を傾げる。優雅なのに子供っぽい、そのアンバランスな仕種が、佑弥の視線をひとところに落ち着かせない。

「ンもう……。戸波くん、話をする時は、ちゃんと人の眼を見るものよ？」

(それは無理です！)

佑弥は心の中で叫んだ。涼香の眩しい瞳を直視できるくらいなら、片想いなんてしていない。それでも、彼女のむくれた表情に無理矢理に視線を戻し、しかし、ハッとして再び

逸らした。ただでさえ速い心臓の鼓動が、より一層跳ね上がる。

（パ、パンツ……！　三之宮さん、パンツ見えてますッ!!）

彼女が座っているのは、ちょうど目線と同じ高さ。わずかに開いた太腿の奥、スカートの中の純白が、佑弥から丸見えなのだ。どこか緩い感じがあるとは思っていたが、気づいていないのだろうか。見てはいけない。そう思いながらも、男の悲しい性《さが》で、お嬢様のパンツというレアアイテムの引力に、視線が抗いきれなくなる。

（――――!!）

横目に映る光景に、大量の汗が流れた。シルクだろうか、太腿の間でわずかに覗く細長い四角形が、高級感のある光沢を放つ。縦に寄ったシワは、まるで、その内側に秘められているはずの、まだ見たことのない女の子の――――。

「ね。戸波くん」

「うわぁぁぁ！　は、はい！」

パンツに神経を奪われ返事がしどろもどろに。そんな佑弥を訝《いぶか》りながらも、涼香は両手で頬杖を突き、からかうような笑みで前のめりに顔を寄せる。

「戸波くんて……雨宮いりすが好きなの？」

「え？　えええっ!?　ど、どうしてそれを……!?」

前振りもなく言い当てられ、さらに頭が混乱した。お嬢様の下着で無礼な想像をしたせいだろうか。だから頭の中を覗かれたのだろうか。焦りで思考が支離滅裂だ。

「これ。そのCDの付録でしょ？」

「え？　え、あぁっ！」

涼香が、彼女の足元に落ちていた正方形の紙切れを拾い上げた。慌ててCDケースを開く。ない。歌詞カードに挟まっていた、初回限定版のステッカーがなくなっている。きっと歌に夢中になっている間に落としたのだ。原色いっぱいのステッカーをしみじみ眺め、無邪気な瞳で尋ねてくるお嬢様。

「ふぅん……。戸波くん、この娘が好きなのよね？」

「そ、それは……えっと……ええっと……」

震える手でステッカーを仕舞っていた佑弥は、彼女の簡単な質問が理解できなくなっていた。涼香との会話で緊張しているところにパンツが見えて、その上好きなアイドルまで言い当てられた。一度に恥ずかしいことが起こりすぎ、頭の整理が追いつかない。

「ご、ごめん。俺、先に教室に……」

「あん、待ってよ戸波くん！」

逃げるように階段を駆け上がろうとした佑弥の袖を涼香が掴む。咄嗟のことに、彼女も力の加減を間違えた。思いきり引っ張られた腕からCDがするりと滑り落ちる。

「──あ!?」

二人の声が重なる中、金属製の階段で跳ねたそれは、無情にも手すりの隙間から空中に舞った。

第一章　アイドルの正体・お嬢様の秘密

「あぁーっ!?」

手すりから身を乗り出したその先、二階分下の地面で、ＣＤは、軽い音と共にケースごと砕け散った。見るも無残な姿に、ガックリと肩が落ちる。

「あ、あの……ごめんなさいっ！」

ゴンッ！　慌てて駆け寄った涼香の下げた頭が、佑弥の頭頂部に激突。眼から火花が飛び散り、数秒の間ズキズキする頭部を押さえて階段にふたりしてうずくまる。

「あう～……。本当にごめんなさい……。困らせるつもりではなかったの」

涙を浮かべた上目遣いで、申し訳なさそうに佑弥を窺うお嬢様。もちろん、彼女に悪気があったなんて思っていない。それでも、苦労して手に入れた初回版を壊した喪失感は、いかんともしがたいものがあった。

「いや……もういいです……」

パンツを見てしまった気まずさや、緊張と混乱のせいもあって、それだけ言うのが精いっぱい。ふらふらと幽霊のように立ち上がると、狭い階段で立ち尽くす彼女を押し退ける。

「あ、あのっ……戸波、くん……」

涼香が、何か言いたそうに呼び止めた。綺麗な細い眉を悲しげに下げる彼女の表情に、胸が痛まないでもないが、しかし、今の佑弥に返事をする気力は残されていなかった。

「本当にごめんなさい、わたし……」

「いや、本当にいいから」

彼女の呟きを断ち切るように後ろ手で非常階段のドアを閉めると、悲しい現実から逃げるようにして教室へと戻った。

――が、午後の授業が始まって、佑弥の背中やこめかみを嫌な汗が流れ始めた。思考力が回復してくるにつれ、顔が徐々に蒼褪めてくる。

（まずい……まずいよ……！）

大事なお宝を壊されたのは確かにショックだ。だが曲はＰＣに保存してあるし、苦労したとはいえＣＤそのものも買い直せば済む話。何より、壊した方はもっと傷ついていたはず。それなのに、苛立ち紛れに何て失礼な態度を。

「あぁぁぁぁ……」

罪悪感で机に突っ伏し、悲鳴のような呻きを上げる。一番後ろの席から見る、最前列に座る涼香の長い髪。その背中が、今日は一段と遠く感じる。せっかく、憧れのお嬢様と会話ができたのに。展開次第では、もっと親しくなれたかもしれないのに。

「俺って、なんて心が狭いんだ……。きっとお嬢様も傷ついただろうな……」

何気なく呟いた自分の言葉に、ハッとした。蒼褪めていた顔からさらに血が引き、凍りつくように冷たくなっていく。

（……そうだよ……！　三之宮さんは大企業のご令嬢なんだよ。あっちこっちの会社を買収してるってことは、どこに行ってもその親父さんの息がかかってるってことで……）

もし、彼女が佑弥の態度に憤り「お父様、戸波くんがわたしをキズモノに！」なんて感じで父親に訴えでもしたら。

（ヤバい……！　俺、将来どこにも就職できなくなる⁉　いや、それで済むか？　俺みたいな小市民、大企業なら簡単に抹殺できるんじゃないか？）

ヤクザでもあるまいし、あの程度のことで人生を狂わされるはずもないのだが、強迫観念に囚われた小市民は、暴走する不安で怯えるばかり。もっと余裕の態度を見せればよかった。ＣＤくらいで小さな男だと思ったに違いない。後悔に苛《さいな》まれ、頭を抱える。

ふと、妙な視線を感じた。全身を走る悪寒に、顔を上げてその出所を探す。

「………………⁉」

涼香が振り返っていた。明らかに佑弥を見ている。その横顔は、いつもの穏やかな笑みではなかった。気難しそうに唇を結び、まるで、軽蔑するかのように眼が冷たい。

佑弥と眼が合うと、彼女は顔を背けるように、プイッと前を向いてしまった。

（怒ってる……あれは完全に怒ってるよ！）

目眩を起こした。温和な涼香を怒らせるなんて、最低男の烙印を押されたようなもの。

絶望感に陥った佑弥は、その日一日を、頭を抱えて過ごすことになった。

「はぁ〜……」

放課後になっても気分が晴れない。椅子から立ち上がる気力もなく机に突っ伏す。たったひとりの女の子に嫌われただけで、どうしてこんなに胸が痛いのだろう。

涼香の席を盗み見れば、もう姿がない。謝罪を受け入れなかった佑弥に腹を立て、とっとと帰ったに違いない。あるいは、平民の少年など歯牙にもかけていないかだ。

「どうせ三之宮さんは、平凡な自分とは縁のない世界に生きているお嬢様だよ。これからの人生で交わることのない、完全別ルートで生きていく人なんだ」

だから、嫌われたって俺には何の損失もないのと一緒。そう拗《す》ねてみても、ははは乾いた笑いが出るだけ。こんな時にこそ、いりすの歌でテンションを上げるべきかもしれないが、こんな気分で彼女の歌声を聞きたくない。考え込むと、ますます落ち込む。

そんな佑弥を鞭打つように、無神経な声がズカズカと教室に入ってきた。

「おーい。戸波ぃー、まだいるかーい？」

「……なんだ、桶山《おけやま》か」

隣のクラスの桶山健太《けんた》だ。佑弥の淡白な反応も彼は一向に気にしない。落ち込んでいる云々《うんぬん》は関係なく、桶山に対しては、いつもこんな感じだからだ。

桶山は、佑弥の数少ないアイドルマニア仲間のひとり……と、自分では思っているらしい。だがそれは、割と一方的な思い込み。もちろん同じ趣味の仲間がいるのは嬉しいが、どうやら、目指す方向が違うらしいのだ。

佑弥は、単純にアイドルの曲や歌う姿を鑑賞したいタイプ。対して彼は、アイドルの本性に迫りたい願望があるようだ。私生活や素顔を知るためには盗撮盗聴も辞さないと公言してはばからないが、もちろん口先だけ。現状はネットや雑誌で探ったそれらしい噂を、嬉々として佑弥に報告しに来る程度だ。将来は、芸能レポーターにでもなるのだろう。

(まぁ要するに、表の顔と裏の顔、どっちを見たいかって話なんだけど)

佑弥だって、アイドルの素顔に興味はある。ただ、それを暴こうとする彼とは趣味が合わないだけだ。

「で、どうしたんだ。今日はいつにも増してしょぼくれてるじゃないか」

「そこは、いつになく、じゃないのかよ」

彼も基本的に悪い男ではないのだが、言うことがいちいち引っ掛かる。だから、数少ない友達なのに、相談する気にもなれないのだ。

「……で？　何の用があって来たんだよ」

彼は彼で、ふてくされている佑弥を気にも留めず、ニヤリと笑ってポケットから一枚の紙切れを取り出してみせた。七色の虹が描かれた長方形を、ヒラヒラ煽《あお》られ鬱陶しい。しかしながら佑弥の眼は、振り払おうとしたその表面に、ただならぬ文字が印刷されているのを見逃さなかった。

「ちょ、ちょっと待て。これって、もしかして……！」

「そう！　今週末の、雨宮いりすの初ライブチケットだ！」

それも、デビュー一周年を記念して、たった一晩だけ行われるというステージ。佑弥だって忘れていたわけではない。ただ、コンサートやライブの類に足を運んだことがないので、行きたいとは思いつつ、入手するための行動に出られなかっただけだ。

「くそっ……！　俺だって、その気になれば、チケットくらい……」

「無理無理。これ、発売後一分でソールドアウト、売り切れたんだぜ。こういうのは、躊躇してたら絶対に手に入らないもんなの」

心の中を見透かされたような気がして、佑弥は「うっ」と言葉を詰まらせた。しかも現物を見せつけられれば、後悔の念が湧き上がる。ライブの作法も分からずに参加するのは無謀だと言い訳し、行動しなかった自分を叱りたい。

「な、なんだよ。二階席の後ろの方じゃないか。いりすって小さいし、これじゃ豆粒みたいにしか見えないんじゃないのか？」

「ふふん。たとえどんな座席でも、行くと行かないとの差は埋められないのさ」

悔し紛れに座席の位置でケチをつけるが、そんなことをしても空しいだけ。あっさりと言い負かされ、軽やかな足取りで去る桶山の姿を歯噛みして見送るしかなかった。

「くっそぉ……。あいつ、あれを自慢しに来ただけか……！」

いりすのライブ。その話題で一瞬高揚したものの、そう簡単に気分は持ち直せない。気づけば、教室はすでにがらんとしている。みんな帰宅したり、部活に行ったりしたようだ。

（……あれ？）

いや、もうひとりだけ残っていた。帰ったと思っていたお嬢様が、いつの間にか自分の席に戻り、文庫本など読んでいる。しかし、集中していない。腕時計でしきりに時間を気にしている。本を読むのが目的ではなく、何かを待っているようだ。それすらも一枚の絵画のようで、悲しい記憶も忘れて、ついつい鑑賞してしまう。

(……今なら、さっきのことを謝りに行けるんじゃないか？)

しかし、顔を合わせるのが怖い。お近づきになれるチャンスを棒に振った、自分の人づきあいの下手さを恨む。

(あぁもう！　ウジウジしてるんじゃない！)

そう自分を奮い立たせ、腰を浮かせはするのだが、何と声を掛ければいいのか分からず元に戻ってしまう。何度もそんなことを繰り返しているうちに、立ち上がる気力さえ湧かなくなった。ふたりきりの重い空気が、身体にのし掛かる。

(ううっ……気まずい……)

もはや、この場は寝たふりでお茶を濁すしかない。そう思って、顔を伏せた時だった。コツンと、腕に硬いものが当たる。不思議に思いながらも上げた視線の、わずか十センチ先に、潤んだ大きな瞳が迫っていた。

「うわぁ！」

思わず椅子を倒しそうなほど仰け反る。その声に、瞳の持ち主も、肩を跳ね上げた。涼香が机の端に手を掛け、まるで海に沈む夕陽のように、顔を上半分だけ出していたのだ。

「な……なに？」

飛び退いた格好のまま固まった佑弥は、しゃがんで机に身を隠すという、お嬢様らしからぬポーズの涼香に、素朴な疑問を投げ掛ける。すると彼女は、おずおずと視線で机の上に置かれたものを指し示した。

「……え？　ええっ？　な、何でこれがここに……えええええっ⁉」

場所柄もわきまえず、絶叫が迸る。置かれていたのが、いりすのファーストアルバムだったからだ。だが、佑弥のものは地面で粉砕されたので、同一のものであるはずがない。

するとこれは、彼女がどこかから調達してきたのだろうか。

「さっき、壊してしまったから……」

それは分かっている。聞きたいのは、なぜ涼香がこれを持っているのかということだ。

そう尋ねる前に、彼女の持参したCDに、とんでもないものを見つけてしまった。ケースの表面にマジックで書かれた、丸っこい、文字のような記号のようなもの。見覚えのあるそれを、何度も目を擦って確認する。

「いりすのサインじゃないですか！　な、何で三之宮さんがこんなものを？」

「…………これで、代わりになる？」

小首を傾げ、不安そうに尋ねるお嬢様。佑弥の疑問には答えていないが、代わりになるかと言えば、それ以上に決まっている。

「そりゃあ……！　で、でもいいの？」

サイン入りCDなんて、ファンにとっては涎が出る代物。弁償するにしてもお釣りが出る。しかし、それではと素直に受け取れないのが、佑弥の小市民たるところだった。

（こ、こんな貴重品、本当に貰っていいのか？）

もちろん、内心では飛び上がるほど嬉しいのだが、失礼な態度を取った自分に、これを受け取る資格があるのだろうか。欲しい気持ちが手を伸ばす。申し訳なさが、触れる直前で指を漂わせる。そんな、佑弥の煮えきらない態度に、顔半分だけ覗かせていた涼香の表情に、険しい色が浮かび始めた。

「ンもうっ！　いるの？　いらないの⁉」

「いります！　ありがたく頂戴します！」

苛立ちが眉の縦シワに出たお嬢様の、舌足らずながらも威圧感のある声に、佑弥はカメレオンの舌よりも速くCDを手元に引き寄せた。

「んふふー、よろしい」

満面の笑みで涼香が立ち上がる。今の今まで、申し訳なさそうに隠れていたのが嘘のように、腰に手を当て胸を張る。ふんぞり返ると表現しても差し支えないほど偉そうに。

「でも、よかった。戸波くんが許してくれて」

それが癖なのか、小首を傾げニコッと微笑む涼香。揺れた長髪が、傾きかけた夕陽を受けてきらめく。まるで妖精のような輝きに、佑弥の胸がドキリと跳ねた。まだ許すとも許さないとも言っていない気がするが、お嬢様らしい生意気な愛らしさに気持ちも軽くなる。

「そんな、俺の方こそ失礼なこと……」

「ん？　なにが？」

大きな瞳をクリッと動かして、不思議そうに聞き返す。どうやら、佑弥が気を揉んでいたのは杞憂だったようだ。

「いや……本当にありがとう。大事にするよ」

変に蒸し返すのはやめて、言葉通り胸に抱える。ちょっと卑怯な気もするが、これでお詫びの気持ちにしようと思った。彼女も満足そうに頷いて、CDを覗き込んできた。

「でも……彼女って正体不明なんでしょ？　そんな娘が好きなの？　この間、クラスの男の子が言ってたわ。元は不良だから、こんな髪をしているんだろうとか何とか……」

探るような眼で、CDの少女と佑弥を交互に見詰める涼香。その噂は、当然佑弥も知っていた。不良だ元ヤンキーだと、ネット上での無責任な話に胸を痛めたこともしばしば。

「そんなことないよ！」

だから、否定が強く出た。眼を丸くする涼香に慌てふためく。せっかく和解できたところなのに、油断して性懲りもなく彼女を驚かせてしまうなんて。

「あ、いやだって……いりすって、ああ見えても、歌もダンスもすごくちゃんとしてるし……馬鹿っぽい話し方だって、そういうキャラ作りだからだろうし、むしろ気を抜いた時の方が上品っぽいっていうか、育ちのよさを感じるっていうか……」

懸命に言い訳していると、なぜか彼女の顔が赤くなっていった。恥ずかしそうに頬を押さえ、視線を逸らす。もしかして、マニアの必死さに呆れたのだろうか。

「そう……ありがとう」

向き直った彼女の口元は緩んでいた。何に対する「ありがとう」かは分からないが、少なくとも、呆れたり怒ったりしている感じではない。

「じゃ、いいお話を聞けたから、おまけ」

サイン入りＣＤだけでも十分すぎるのに、まだ何かあるらしい。涼香は、悪戯っぽい目つきで楽しそうにキュッと唇の端を上げ、胸ポケットから出した一枚の紙片を差し出した。

ついさっき見たばかりの虹の図柄に、今度は佑弥の眼が丸くなる。

「いりすのライブチケット。お友達の二階席よりはいい場所のはずよ。ごめんね、実は、さっき戸波くんたちのお話が聞こえちゃって…………て、聞いてる？」

佑弥は、半ば呆然としていた。自分は、夢を見ているのか。ＣＤを壊された時はあんなに落ち込んだのに、こんなラッキーが次から次へと。

「もしもーし。おーい戸波くん？　……戸波くんてばっ！」

「いててててっ！」

あんまり呆けていたせいで、頬っぺたを抓《つね》られた。しかし、おかげでこれが夢でないと確かめられた。

「もう……人と話をする時は、相手の眼を見なさいって言ったでしょ？」

「は、はい……」

人差し指を立て、お説教するお嬢様。キラキラ眩しい瞳を直視しろというのは、それはそれで内気な佑弥にとって酷なご命令だ。ごまかすように下げた視線の先では、不満そうに突き出された唇が。そこだけを見詰めていると、まるでキスをねだられているような錯覚を起こし、頭の中が湯気を出しそうになるほど沸騰する。

「で、でもそのチケット、もう完売したって聞いたけど……」

緊張に眼を回しながら、ぷくぷく柔らかそうな頬に目線の置き場を求め、必死に話題の転換を図った。

「え！　ああ……。それはぁ～……ホラ、あれよ。ああそうだ！　お父様のお仕事の関係で、そういうもの手に入りやすいの。……ね？」

急に、涼香の歯切れが悪くなった。唇が引き攣り、自分で真っ直ぐ見ろと言っていた眼があらぬ方向に動き回る。彼女の父親はイベントや芸能関係の仕事も手掛けているので、その説明にも特に不自然なところなどないはずなのに。

「そんなことはどうでもいいの！　無理して用意したんだから、ぜっっったい、無駄にしないでね!?」

真っ赤になった顔をグッと寄せてきた。大きく見開いた瞳や、ぷくっと膨れた頬。まるで幼女のような容貌なのに、その迫力が佑弥に有無を言わせない。

「う、うん。もちろん使わせてもらうよ。……ありがと」

「最初からそう言えばいいの」

素直に礼を言うと、彼女は後ろで手を握って前屈みになるポーズでクスクス笑い、身体を翻して教室を去った。

「はぁ～……まさか、三之宮さんがこんなものくれるなんて……」

CDとチケットを抱き締め、窓の外を遠ざかっていく彼女の姿を見送る。正門の前には、黒塗りの光沢が鮮やかな高級車が。涼香が近づくと、三之宮家の使用人らしいメイド姿の長身の女性が、恭《うやうや》しくドアを開けた。涼香は、メイドと特に挨拶を交わす様子もなく、その内側へと身体を滑り込ませる。

「……ああいうの見せられると……」

改めて、彼女は別世界の住人なのだと思い知らされる。さっきは、調子に乗った自分が悪いのだ。佑弥はそう解釈して、走り出す車を見送った。


野太い男たちの声が、広い空間の中で幾重にも反響する。次の土曜の夕暮れ、佑弥は電車を乗り継いでやって来たイベントホールで、興奮のただ中にいた。まだ開始前だというのに、ざわざわと騒がしい客席のあちこちで甲高い歓声が上がる。

(う～……いよいよ始まるのかぁ……！)

佑弥もその熱気に当てられて、ワクワクするテンションが抑えきれない。

客席の照明が落ちた。幕の降りていたステージに、眼が眩むような七色の光が縦横無尽に走り抜ける。それらが中央に集まって、真っ白に点滅したと思うや否や。

――ぱぁンッ!!

「みんにゃー、おっまたせぇッ!!」

花火の音で幕が切って落とされ、派手な衣装の少女がステージ下から飛び上がる。小柄な身体に似合わぬ高いジャンプと共に、いきなり絶叫調で一曲目を歌い出した。観客も歌に合わせて、手にしたスティック状のライトを前後左右にテンポよく振り回す。

（うわぁぁぁ……こ、これがアイドルのライブかぁ）

歌に合わせて、客席からどよめきのような合いの手が入る。眩い照明、空気を揺るがす大音響。そして声援という音の壁に囲まれ、身体がふわふわする。現実感がまるでない。

そして、テレビでしか観たことのないアイドルが眼の前で動いている。歌っている。それが一番の不思議だった。

（いりすって、本当にいたんだぁ……）

口に出したら間抜けでしかない当たり前の事実に、素直に感動していた。周りのみんなと同じように合いの手を入れたいが、胸がいっぱいになって声が出ない。佑弥の席は、前から八列目の中央寄り。最前列でアイドルの息吹を感じたいとも思っていたが、これ以上近づいたら、きっと興奮しすぎて死んでしまう。

佑弥は、出ない声の代わりに、握ったライトを力いっぱい振った。青や緑の光が揺れる場内にいると、まるで別世界に迷い込んだかのようだ。

それは、いりすの容姿のせいもあるかもしれない。ピンク色の長い髪は、左右で三つ編みの紐を作り、自由自在に跳ねている。ふっくらと優しいラインの頬は観客席の興奮が伝わったように赤みを帯び、ナチュラルな桃色の唇は、常に微笑みを絶やさない。何より、照明に輝く大きな瞳と長い睫毛が愛らしく、まるで人形が歌っているかのようだ。

「……みんな、凄いや……」

初参加したライブの熱気に圧倒される。いや、一番凄いのは、二千人以上も集まった男たちを熱狂させる、小さな身体からは想像もつかない声量で熱唱する女の子。

「今日はー、いりすの初ライブに来てくれてー、ありがとうなのーッ!!」

流星型のアクセサリーつきヘッドマイクで、精いっぱい声を張り上げ客席に呼び掛ける。広いスペースを隅から隅まで、ハイテンションで駆け回る姿は、テレビで見せるような天然系のキャラクターとはまた違って、弾け飛びそうな躍動感で満ち溢れている。

彼女は「日本に留学しに来た、虹の国のお姫様」という設定。なので、纏う衣装も学園風なものが多い。代表的なのは、今も着ている青のブレザーだ。

前面のボタンは全開。ダンスに合わせて赤いネクタイや青い幅広ベルトがぴょんぴょん跳ねる。緩めの袖は袖口で大きく折り返され、手の小ささが強調されているかのようだ。

厚底のスニーカーも赤。虹がモチーフだけに色が豊かで全体的に可愛いのだが、佑弥は時々眼のやり場に困った。彼女が飛び跳ねるたびに、赤いチェックの襞《ひだ》スカートがヒラヒラと舞い、健康的な張りの太腿はもちろん、その奥の暗い場所までチラチラ覗くのだ。あのCDジャケットのように。

（み、見えても大丈夫なものを穿《は》いてるんだろうけど……）

盗撮の餌食にならないだろうかとか、純情少年はいらぬ心配をしてしまう。そして、まるで止まることを知らない両脚は、左右で長さの違うニーソックス。鮮やかな虹色に彩られ、右は太腿の半ばまで、左は膝の辺りで引っ掛かり、生脚の白さを際立たせた。

「はぁ……はぁ……。改めまして、雨宮いりすでーっす！　今夜は集まってくれてありがとー！　思いっきり、楽しんでいけよぉー！」

三曲ほど歌い終えたところで、トークに入る。しかし最初から飛ばしすぎたか、相当に呼吸が荒い。それでも彼女は疲れなど微塵も見せず、よく通る声でファンに語りかけた。マイクを通して場内に響く吐息や、ライトに照らされ、太腿に光る汗も妙に色っぽく、彼女が生身の女の子であることを実感させる。

「みんな、この前出たいりすのアルバム、買った？　買った？」

客席のほとんど全部で、歓声と共に手が上がった。もちろんいりすの顔も綻ぶ。

「わぉ、すごい。ありがとー！　でもねぇ……実はわたくし、この前ちょびーっとばっかし、ヘマをやらかしまして……」

いきなり改まった口調のいりすは、ひと呼吸置いて観衆の意識を引きつける。

「そのアルバム、せっかく知り合いも買ってくれたのに、いりす自ら落として割ってしまったのだよー。あー失敗したぁ！　あ、もちろん弁償したよ！　いりす、そこで知らんぷりするような悪い子じゃないし！」

軽妙なトークに場内がドッと沸く。そんな中、佑弥だけが首を捻《ひね》っていた。まるで、自分のことを語っているように聞こえたからだ。もちろん、アイドルと面識なんてないし、あれは佑弥と涼香しか知らないことのはず。

(世の中には、似たような話もあるんだなぁ……)

「それじゃ、次、いっくよぉー！」

感心していたら、次の曲のイントロと共にいりすが高々と右手を突き上げた。ステージを往復しながら激しく歌いまくる。トークの間に息を整えたのか、頬は紅潮しているものの、満面に笑みを浮かべ、声にもまったく乱れがない。サビの部分を観客に歌わせたりして、口パクでないことは明らか。小さな身体からは想像できない体力と歌唱力だ。

(相当に訓練しているのか……それとも、これが才能ってやつなのかなぁ……)

いずれにしても、並の歌い手でない。そんな彼女のパフォーマンスに、佑弥の胸と、そして困ったことに、身体の方も昂《たかぶ》っていた。短いスカートでクネクネと、挑発的に腰を振られ、股間が硬くなっていたのだ。

「ところで、いりすは虹の国から来てるわけだけどぉ、あっちには、こーんな楽器があるんだよぉ？　どうだぁっ、見たことないだろぉー！」

曲の合間に彼女が掲げたのは、共鳴胴のない、アウトラインだけで形成されたような変形バイオリン。だが場内は、軽い笑いと突っ込みで軽く揺れた。

「え、なになに？　え～っ⁉　これって日本製なのぉ～⁉」

わざとらしく驚いてみせるいりす。言われてみれば、佑弥も以前テレビで観たことがある、電子バイオリンだ。

「じゃ、次はこの子でアルバム曲のアレンジを披露しちゃうよーっ！」

舞台はいったん暗転し、中央にスポットライトが当たる。光の中で、流れるような仕種でバイオリンを構える。すると、まるで彼女の動きがタクトであるかのように、声が枯れるほど叫び続けていた観衆が、水を打ったように静まった。その姿が、情景が、佑弥の脳裏にある記憶を閃光と共に甦らせる。

（似てる……？）

首や腕の角度、足のスタンス。少し胸を張り、睫毛を伏せ、水平に構えたバイオリンに頬を寄せる、その切なげな表情まで。

ともかく、わざわざあんな楽器を持ち出したのだから、それなりに腕に覚えがあるのだろう。そして、それは愚問だと、すぐに思い知らされた。

最初の音が奏でられる。髪とスカートをたなびかせ、いりすが社交ダンスのようなステップを踏む。軽やかに、優雅に。動き回っているのに、一音も乱さず旋律を刻む。それでいて弾いているのは軽快なポップス。息を飲んでいた観客たちも、彼女のダンスに釣られるように、手拍子を合わせ始めた。

（す……凄い……っていうか……これは何て言えばいいんだ？）

涼香の演奏とは、まるで違う。どちらが優れているとか、音楽の素養のない佑弥には比べられないが、とにかく質が違うとしか言いようがない。佑弥はライトを振るのも忘れ、アイドルの奏でる音色に聞き惚れてしまう。

とかく軽く見られがちな彼女の意外な特技に、会場は今日一番の大盛り上がり。

「よぉーっし、みんな起ー立っ！　このまま最後の曲まで突っ走るぞーっ‼」

その号令で、観衆がライトを振りながらジャンプするように立ち上がる。いりすは、本当にその後の歌をノンストップで歌いきり、ライブは盛況のうちに幕を閉じた。


場内が明るくなっても、ライブ初体験の興奮が冷めない。このまま帰るのが惜しくなった佑弥はホールにダッシュ。グッズを買い漁るべく売店へと向かった。しかし、財布と相談しながら物色していた佑弥の耳を、聞き捨てならない会話が掠めた。

「おい、どうする？　出待ちしていくか？」

「終電までまだあるし、当然っしょ！」

(出待ち――そういえば、ライブにはそんなイベントもあるんだった！)

イベントは、我ながら勘違いの言葉選びだと思ったが、それはともかく反射的に腕時計で時間を確認する。確かに、佑弥にもまだ時間は残されている。そうなると、最後にひと目、間近で彼女の姿を見ておきたいという欲求が湧いてきた。

とはいえ、ライブ初体験の佑弥は、当然出待ちの仕方も、どこで待てばいいのかも分からない。頼みの綱は、さっきの会話をしていたらしい二人連れのみ。彼らを見失わないように見張っている必要がある。おかげで、ろくに買い物に集中できない。

しばらくロビーで時間を潰していた彼らが動いた。佑弥はその後についていく。

「うわっ！　もう集まってる」

そこにはすでに、ファンが列を作り始めていた。警備係のバイトが、パニックが起こらないように出口付近を固めている。佑弥の後ろも、すぐに黒山の人だかりに。ひとりでこの場所を探していたら出遅れるところだった。

「意外に熱心なファンが多いんだな……」

いりすは、その格好のせいで、口の悪い人に「キワモノ」扱いされることも多く、それだけにファンの熱中度は並ではない。

「まだかな……」

「……休憩とか関係者への挨拶とかあるから、もう少しかかると思うよ」

背伸びをして出口を見ていたら、隣にいた人がクスクス笑って教えてくれた。きっと、佑弥の素人丸出しが面白かったに違いない。赤面して、目立たないように背中を丸める。

それでも、出入口につけられた、いりすの送迎用らしき車の脇に陣取ることができたのだから、よしとするべきか。グダグダ考えていたら、いきなり裏口のドアが開いた。警備員たちにも想定外の早さだったらしく、押し寄せそうになった群衆を慌てて押し返す。

「うっわー⁉　すっごーい、人がいっぱいだぁ！」

人の多さに眼を丸くするいりす。同時に、ファンもざわめいた。私服で出てくるものと思っていた彼女が、ステージ衣装のままだったからだ。

「な………何だありゃ？」

しかし、ファンが騒いだのは、それが理由ではなかった。もっと困惑させるものが彼女の横に控えていたのだ。影のように付き従う、黒いエプロンドレス。頭の上にはフリルつきの白いカチューシャをのせて、どこからどう見ても、間違いなく、メイドさんだ。

「噂には聞いてたけど、ホントにいたのか。マネージャーか何か……なのかなぁ？」

所々から、そんな声が聞こえてくる。みんな、実際に眼にするのは初めてらしく、出待ち連中に戸惑いが広がっていく。しかし佑弥は、周囲とは別の理由で首を傾げていた。

（あのメイドさん……どこかで見たような……？）

メイド喫茶には行ったこともないので、心当たりといえば先日見かけた涼香の使用人くらいだが、こんな場所に彼女がいるわけがない。メイド服の区別がつくほどマニアではないし、印象的なのは、腰まで届く黒髪のポニーテールくらいか。

「さすがだなぁ。マネージャーにまでお姫様設定を徹底させるなんて」

周囲は、あれも彼女のキャラ作りの一環と解釈したらしい。さすがは不思議系アイドルファン。彼らの柔軟な現状認識力に感心しつつ、しかし佑弥は、じわじわと身体に掛かる人波の圧力に不穏なものを感じ始めた。

「ちょ……押さないで、うわっ！」

いりすの姿が見えない後列が押し寄せてきたのだ。身体が車に押しつけられる。このままでは人混みに潰される。だがみんな必死で、佑弥の危機など誰ひとり気づかない。

「ま……まずい……！」

本気で命の危険を感じ、本能的に安全な空間を求めた。身を屈め、群衆の足元にうずくまってひと息つくが、これでは佑弥がいりすを見られない。

「えへへ、みんなー、今日はありがとー」

「――お急ぎください」

さっきのメイドらしき、澄んだ硬質の声がいりすを促す。そこへ、さらにファンの群れが蠢いて、しゃがみ込んでいた佑弥の背中を誰かが思いきり蹴飛ばした。

「わぁっ⁉　……っと……あ、あれ？」

地面に転がり一回転。しかし、背中の感触が妙に柔らかい。薄暗さに混乱した佑弥だったが、状況を把握して蒼白になった。蹴飛ばされた拍子に、タイミングよくドアが開いた車の中へ転がり込んでしまったのだ。

（まずい……早く脱出しないと！）

だが、その前にいりすが乗り込んできた。しかも、ファンの方を向いていて、足元でうずくまる侵入者に気づかない。バタンとドアが閉まる。ファンの声が急に遠ざかる。

「ふふふっ、今日はホントにありがとー。じゃあねー」

窓に向かって手を振るいりす。舌足らずな甘い声や、衣擦れの音が耳をくすぐり、緊張に拍車を掛ける。心臓が破裂しそうになる。そうこうしているうちに車が動き出し、佑弥は脱出のチャンスを完全に失ってしまった。

限界まで身体を丸め、両手で口元を押さえて息を殺す。見つかった時の言い訳を考えるべきか、それとも抜け出す手段を何とかして見つけるか。だがパニックに陥った佑弥は、どちらを優先して考えるべきかすらまとまらずに眼を回すばかり。

（やばい……やばいよ！　こんなの、絶対に見つかるって！）

そうなれば間違いなく、犯罪者か変質者として、しかるべき場所に突き出される。身じろぎひとつ許されない危機的状況。ふと、鼻孔をくすぐるものがあった。

（なんか……甘くていい匂いがする……）

運転席のメイドの香水、そしてライブを終えたばかりの少女の匂い。甘美な香りに包まれ、下半身では再び困った変化が起き始めた。萎縮する身体に反し、ペニスが痛いほど膨張する。こんな場所では自慰もままならない。というか、できるわけがない。

冬だというのに、嫌な汗が背中に噴き出す。さすが高級車らしくスペースには余裕がある。窮屈ではないが、とにかく息を潜めている以外にない。背中を丸めているせいで、身体のあちこちが軋みを上げる。

「ふーっ……」

ファンの姿も見えなくなって緊張が解けたのか、シートに寄り掛かったいりすが満足そうに息を吐いた。しかし、ステージ上の彼女とはずいぶん様子が違う。

「お嬢様、初ライブの成功、おめでとうございます」

「うん。でもこんなに楽しいなんて思わなかった。もっと早くやればよかったぁ。あ、でもごめんね彩音《あやね》さん。裏方のお手伝いまでさせてしまって。大変だったでしょう？」

交わされる会話が上品だし、声も穏やか。いりすがキャラクターに合わせて演技をしているという噂は、本当だったようだ。ただし、不良とは正反対のベクトルで。

（お嬢様って……言ったよな）

ネット上でも、そんな噂は以前からあった。言葉遣いや身のこなしから、そのような気配を感じさせることがあったからだ。それに、ライブで見せたバイオリンのテクニック。踊りながら弾くなんて、素人目にも並の技量でないことくらいは分かる。

「ふふっ。でも、さすがにちょっと張りきりすぎたかも」

いりすはそう言うと、衣装の襟元を緩めながら、ピンクの髪を取り去った。無造作にシートに置かれたそれが、佑弥の頭に滑り落ちる。

「あっと、いけない……」

髪を拾おうとした彼女と眼が合う。愛想笑いを浮かべるしかない佑弥の顔を、マジマジといりすが見詰める。

「えーっと、お邪魔してます……」

「……戸波……くん？」

佑弥は驚いた。どうしてアイドルが自分の名前を。暗がりで眼を凝らし、ウィッグを外した少女を見詰め返す。

「………さ、三之宮さん？　えええええッ？　なな、何で……ええぇぇぇっ⁉」

佑弥の悲鳴に車が急停車した。運転席のシートで身体を打つ。だが、そんな痛みすら感じないほど佑弥は混乱していた。クラスメイトのお嬢様が、どうしていりすの格好を。あうあうと口を痙攣させるばかりの佑弥の首に、ピタッと冷たいものが当てられる。

「お嬢様、少し眼を閉じていてください。この不埒者を始末いたします」

眼だけを動かした佑弥は、その感触の正体に震え上がった。運転席のメイドが身を乗り出し、その姿に似合わない無骨なサバイバルナイフで頸動脈を狙っていたのだ。

「ま……待って！　お……落ち着いて話をしましょう。……ね？」

「お嬢様の正体を見た以上、そうはいきません。あなたを始末して東京湾に沈めます」

「だから待ってってば！　誤解です！　俺は無実です！　お願いだから話を聞いて‼」

必死に不可抗力を訴えるが、メイドは聞き入れようとしない。冷たい刃が容赦なく首に食い込む。人混みに感じた危険とは比較にならない切迫した生命の危機に、命乞いの声が裏返る。

「もう……落ち着いて、彩音さん。この人は大丈夫だから」

こんな状況下で、不思議なくらい穏やかな声で涼香がメイドをたしなめた。ナイフから守るように、佑弥の頭を抱き寄せる。衣装の布地越しに柔らかな膨らみを押し当てられ、刃物の冷たさから一転、頬がぽっと温かくなる。一体、何が起こっているのだろう。事態がまったく把握できないまま、佑弥は、彼女の優しい手に髪を撫でられていた。

「……あれは……何だったんだ？」

結局、何も説明されずに解放された。別れ際に涼香が見せた申し訳なさそうな表情に、何も聞けなかったのだ。それに彼女のことを考えると、どうしても甦るものがある。

「……三之宮さんの胸、柔らかかったな……って！　何考えてんだ俺はぁっ！」

疑問と欲情で悶々とした週末をベッドの上で過ごし、再び迎えた月曜の朝。最悪の気分で登校した佑弥を待っていたのは奇妙な手紙だった。下駄箱に、ピンクのファンシーな封筒が置かれていたのだ。

――屋上でお待ちしています。

文面はそれだけで、差し出し人の名前もないが、裏に貼られた虹のシールは、ライブでも売られていた「いりすグッズ」のひとつ。寝不足だった眼が一気に覚めた。鞄を教室に置き、急ぎ足で屋上へと駆け上がる。金属製の扉を開けると、早朝の風に長髪をなびかせていた少女が、ゆっくりと振り返った。

「戸波くん……。よかった、ちゃんと来てくれて」

安堵したように、涼香が胸を押さえる。その仕種は、いつものお嬢様。しかし今の佑弥には、それすら奇妙に映る。アイドル姿と、目の前の彼女が、どうしても結びつかないのだ。違和感を処理しきれず、何を話せばいいのか浮かんでこない。

「あの……ね……」

緊張しているのは彼女も同じようだった。瞳は左右に泳ぎ、重ねた手も、せわしなく動いている。このまま黙っていても、話は進みそうもない。だが用件は分かっている。佑弥は思いきって、自分から核心について切り出すことにした。

「えーっと……いりすの格好のことだけど……」

「お願い！　それ、誰にも言わないで！」

間髪いれずに、彼女の頭がガバッと下がる。馬鹿丁寧とかいう次元ではない。膝に額がつきそうな勢いだ。

(あれって、そんなに後ろめたいことなのか？)

アイドルをしているというだけで、佑弥にとっては尊敬の対象。ましてやそれが雨宮いりすなら、これはもう信仰と言ってもいい。

「分かった！　何かの事情で、いりすの身代わりになっていたー……とか？」

張り詰めた雰囲気を和ませようと、昨夜から考えていた仮定のひとつを冗談めかして言ってみる。だが彼女には、その意図を汲んでくれるような余裕はなかったようだ。

「いいえ。あれは、間違いなくわたし。……ああ、やだもう！　自分で招待しておいて、戸波くんにばれちゃうなんて……」

車の中では平然を装っていたのだろうか。両手で頬を押さえ身を捩る。顔も真っ赤にして、あからさまに困惑していた。

「じゃ、じゃあ……あれって本当に三之宮さんだったの？　……何で⁉」

憧れのクラスメイトが、憧れのアイドルと同一人物。突拍子もない話に驚くばかりで全然ピンとこない。しかし、それでも、妙な興奮状態におのずと鼻息が荒くなる。

「う、うん……まあ、それを説明するつもりで、来てもらったのだけど……」

涼香がチラッと腕時計を確認した。時間を確認するというより、佑弥の前のめりっぷりに、告白すべきかどうかの迷いがぶり返したようだ。それでも、覚悟を決めたように彼女は息を吐き、自分の腕を軽く押えた綺麗な姿勢で、ぽつぽつと語り出した。

「わたし……ね、小さい頃から、アイドルになるのが夢だったの」

優等生の涼香が、そんな夢を。女の子なら一度は憧れてもおかしくない職業だが、この年齢になって口にするにはさすがに恥ずかしいのか、わずかに眼を伏せ、口籠もる。

「テレビで見て、あんな風になりたいって、ずっと思ってた。……子供の頃は、オモチャのマイクで歌ったりして。応接室のテーブルの上に乗ったりもして、よく叱られてた」

彼女にそんな頃があったなんて、今の立派なお嬢様ぶりからは想像できない。しかも、よく叱られたということは、それでも懲りずに歌うのをやめなかったということ。

「よっぽど好きだったんだね」

佑弥の言葉にはにかみ、嬉しそうに頷く涼香。しかし、その唇が何かを思い出したように「ははっ……」と笑って皮肉めいた形に歪んだ。

「そしたらね、一年ほど前……祖父が、誕生日プレゼントだって言って………」

困ったように視線を逸らし、思い出を楽しそうに語っていた口もつぐんでしまう。

「何か嫌なものだったの？」

彼女は首を横に振り、いかにも渋々といった感じで唇を尖らせ呟いた。

「………………アイドルデビューの話と……芸能事務所を……」

眼が点になる。彼女が何を言っているのか分からない。プレゼントと、事務所という単語が繋がらない。額に指を当て、必死にそのふたつを頭の中で結びつける。

「事務所？　お祖父さんが？　誕生日プレゼントで⁉」

「もー！　そんな大声で繰り返さないで‼」

駄々っ子のように両手を振る涼香だが、驚くなと言う方が無理だ。いくら大金持ちでも度が過ぎる。それに、事務所を用意したからといって即活動ができるほど、芸能界は甘い世界ではないだろうに。

「ほら、わたしの父って、イベントや芸能関係の仕事にも手を広げているでしょう？　そういう類の、父が作り上げたものを、祖父が勝手に……その……ね？」

「……ツテとかコネとか？」

コクリと小さく頷く彼女から、恥ずかしい気持ちがありありと窺える。息子が築き上げた信用を横から無断で拝借とは、とんでもない爺さんだ。

「それでよくお父さんに文句言われなかったね。あ、それとも、娘のためなら親馬鹿になるタイプ？」

「……どちらでもないわ。父には…………アイドル活動のことは内緒なの」

涼香は首を力なく横に振り、寂しそうに深い息を吐いた。

「仮にも三之宮の娘が、芸能人だなんてとんでもないって。アイドルになりたいって言ったら、思いっきり叱られちゃった。仕事では芸能界の方と付き合いもあるのにね」

平然と語ってはいるが、きっと激しい衝突があったのだ。父親は家名に誇りを持っているのだとしても、佑弥としては、心情的にどうしても涼香の側に立ってしまう。

「それでも……お父さんに逆らっても、デビューしたかったんだ？」

「ええ。ええ、そうなの！　だって、夢だったの！　アイドルよ!?　歌とダンスで、みんなを楽しませることができるの！　素敵だと思わない？」

正直、お嬢様がチヤホヤされるために活動しているのだと、最初は思った。しかし、子供のようにキラキラした瞳は、純粋にアイドルとして歌える喜びに満ちている。

「でもね……今は少し後悔してるの」

なのに、夢見心地なその輝きはすぐに失せた。溜め息と共に曇っていく。

「後悔って……アイドル、好きだったんでしょ？　嬉しくないの？」

「だって……お祖父様のお膳立てでデビューなんて。オーディションに出たわけでも、実力を認められたわけでもないのに。わたしは、ズルしたのよ。……ズルだって分かっていたのに、夢が向こうから来たことが嬉しくて、好きなことして……！」

いきなり自分を責め出した涼香に、佑弥は言葉を詰まらせた。きっと、今までも後ろめたさを感じていたに違いない。それを告白したことで、感情が昂ってきているのだ。

（何か言ってあげなくちゃ……。でも、何て言えばいいんだ？）

経緯を聞けば、彼女の気持ちは理解できないでもない。佑弥は何かを言いかけて口を開くが、もやもやとした感情が渦巻くばかりで言葉が出ない。

「わたしって、結局、ズルしてデビューした、偽アイドルなの……」

「そんなこと言うなよ！」

突然の大声に、涼香と、そして佑弥自身が驚き、ビクッと肩を竦《すく》ませる。

「そんなこと、言っちゃダメだ。ライブ、楽しかったって、三之宮さんも言ってたじゃないか。あんなに喜んでいた観客は全部サクラ？　あの熱気も嘘？」

「そ……それは……」

今度は、考えるより先に言葉が出て止まらなくなった。同情から変わった苛立ちを吐き出すように、下を向いて拳を握り、感情の奔流を一気に吐き出す。

「……いりすは偽物なんかじゃないよ。実力もない人が、あんな熱気を生み出せるわけないだろ。少なくとも俺はそう思う。だって……俺、本当に君のことが好きだから……！」

「好き……？　わたしを……？」

聞き返され、ようやく佑弥は我に返った。自分が滑らせた口をハッと押さえる。勢い任せとはいえ、自分は何て恥ずかしいセリフを。

「……え、あ！　あのっ！　い、いりすのことだよ⁉」

「も、もちろん、分かってるわ！　そ、そうよね。いりすの話よねっ」

あたふたと言い訳をする顔から火が出そう。お互いに顔が見られない。それでも、気持ちはちゃんと伝わったらしい。沈んでいた涼香の顔に、いつもの笑みが戻りつつあった。

「……ありがとう、戸波くん。ちょっと元気が出た。……でも、やっぱりわたしは、まだまだ駄目ね。アイドルが、ファンに励まされるなんて」

「い、いや、そんな……」

照れながら、佑弥は心臓が止まりそうになった。軽く両手を握られ、触れたところから静電気がピリピリ走ったのだ。小動物のような黒目がちの瞳。透き通るような白い肌の頬は、ほんのりと赤味が差して、温かみさえ感じる。丸みを帯びた、キスを誘うような半開きの唇。人形のように整った容貌が目の前十センチまで迫り、鼓動が速くなる。

「戸波くん……わたしが〝いりす〟だってこと、みんなには内緒よ？」

「そ、それは……もちろん！」

力いっぱい胸を叩く佑弥に、涼香はクスクスと笑みを漏らした。

(そうだよ！　こんな大事な秘密、誰が他の奴に分けてやるもんか！)

まるで、お姫様を守る騎士の気分。彼女との秘密の共有は、そんな妄想を抱くほど、佑弥を高揚させていた。

「約束するよ。どの道、いりすの活動を邪魔するような真似なんて俺にはできないし。それに……もしよかったら、秘密を守る手伝い、させてくれないかな？」

いきなりの宣言に、丸い眼がキョトンと佑弥を見上げた。

（しまったぁっ！　調子に乗りすぎたぁぁぁぁっ!!）

妄想のまま暴走しすぎた。高揚が、一瞬にして激しい後悔にすり替わる。息が掛かるほどの至近距離で見詰められる視線に耐えられない。背中に汗が噴き出る。頬が引き攣る。こめかみから冷や汗が流れる顔を逸らす。

「ありがとうっ、戸波くんっ！」

「ぅわあ!?」

弾かれるように涼香が首に抱きついた。髪の甘い匂いが鼻孔をくすぐり、胸に、柔らかいものが押し当てられる。全身が硬直し、沸騰した血液で心臓が破裂しそうだ。

「わたし、不安だったの。いつかわたしが〝いりす〟だってバレてしまうんじゃないかって。だから、こんな風に何でも話せるお友達ができて……うれしい！」

「お……お友達？　俺が!?」

「…………違うの？」

無垢な瞳が見上げる。佑弥は、さっきとは違う胸の高鳴りを感じ、自然に頷いていた。

「お……お友達、です」

高嶺の花と思っていたお嬢様。しかも憧れのアイドル〝雨宮いりす〟でもある涼香と、ここまで接近できるなんて。こんなの、夢でだって見たことない。

ただ——ニッコリ微笑むピンクの唇、抱きついてくる身体の温かさに、お友達以上の関係を高望みしたくなるほど、佑弥は、完全に彼女に心を奪われていた。

次の日曜の正午、佑弥は駅前の特設ステージの前にいた。コーヒー飲料の新製品発表イベントを見るためだ。胸の高さまである、意外に高い舞台の最前列には、テレビや雑誌などのカメラが並ぶ。ワイドショーなどでお馴染みの光景が展開されていた。

脇の歩道では、商品名の入ったコートを着たお姉さんたちが試供品を配っている。それで足を止める人も多く、開始前には、ロープで仕切られたスペースから溢れそうなほどの人が集まっていた。佑弥がいるのは、ステージ下手のほぼ真横。理想は真正面なのだが、さすがに取材陣を差し置いて素人が居座るわけにはいかないだろう。

「少し見づらいけど、ここだって最前列と言えなくもないし」

苦しい言い訳までしてこのイベントを見物しに来たのは、もちろん商品が気になっているためではない。

「それでは、登場していただきましょう。雨宮いりすさんです！」

「はーい！　雨宮いりす、で〜っす！　知ってる人も知らない人も、よろしくねー‼」

彼女の豹変ぶりには舌を巻く。前に突き出した両手をぶんぶん振って愛嬌を振りまく少女が、あの楚々としたお嬢様と同一人物とは思えない。

「凄いなー。変装って、ああも別人格になりきれるものなのか？」

相変わらずのピンクヘア。衣装の変形制服は、イベントの内容に合わせてシックなブラウンだが、そこは異世界アイドル。縦一メートルはあろうかという缶コーヒー型ぬいぐるみを、昔の時代劇の忍者の刀のように斜めに背負っている。

登場と同時に歌披露。今回のＣＭには何パターンかあり、いりすの曲も、そのひとつに使われている。左右に腰をくねらせるダンスは、相変わらず可愛い。ただ、佑弥はその動きに少しばかり違和感を覚えた。

ライブでもさんざん飛び跳ねて平気な顔をしていたのだから、体力には自信があるはず。その足元がおぼつかない。背中のものに重心を奪われ、時々仰け反りそうになる。

(それに……この舞台、高さの割に奥行きも幅もないし、大丈夫かなぁ)

さらにいりすの曲の後には、お笑いコンビも呼び込まれ、ステージはそこそこ窮屈な状態に。

「えー。それじゃ、いりすちゃん。この新製品のコーヒーのお味はいかがでしたか？」

司会役の女性がマイクを向けた。答えようと口を開いたタイミングで、見物人からいりすコールが飛ぶ。

「あーん、今はいりすが喋る番なのー。邪魔しちゃだめー！」

「アホ、邪魔なのはお前や」

芸人の片方が、いりすの背中の巨大缶コーヒーに突っ込んだ。その拍子に意外に重そうなぬいぐるみごといりすがよろめき、見物人からドッと笑いが起きる。しかし次の瞬間、会場全体が凍りついた。ぬいぐるみを固定する紐が切れ、それに引っ張られたいりすの身体が傾いたのだ。体勢を立て直す間もなく、一メートル以上の落差を頭から落ちていく。

（やっぱり重すぎたんだ！）

「きゃあぁぁっ!?」「危ない!!」

どよめきの中、佑弥は反射的に動いていた。自分でも信じられない力で前にいた人を押し退け、真っ逆さまになった少女の下に身体を滑り込ませる。

——どっしーんっ！

「ぐえぇっ！」

彼女の頭が胸を強打した。小柄な女の子とはいえ落下の衝撃は大きい。佑弥はつぶされたヒキガエルのような呻きを上げ、それでも彼女だけは守ろうと、無我夢中で受け止める。

「いってぇぇぇっ！　くぅあぁぁ……。さ、三之み……いりす……だ、大丈夫？」

激痛で、自分たちがどんな体勢になっているのかさえ判別できない。涙目になりながら少女に呼び掛ける。

「う……ン……あれ？　と、戸波、くん？　わたし一体……」

彼女が小さく呟いた。まだ状況が掴めていないようだが、ケガもなさそうでひと安心。

だが——気の緩んだ佑弥の身体に、別の違和感が生じ始めた。

（……何か、気持ちいい？）

彼女が身じろぎするたび、股間の辺りに快感が走る。薄目でその原因を確かめた佑弥は焦った。股間が、ジーンズの中のペニスが、いりすのお尻に当たっていたのだ。柔らかなヒップに転がされた陰茎が、心地いい圧迫感に包まれる。ズクズクと疼《うず》きながら膨らんで

いく。痛みを忘れてしまいそうに気持ちいい。気持ちいいのだが、早くどいてもらわなければ彼女に勃起を悟られてしまう。

「い、いりす……早く、降りて……！」

焦って彼女の肩を叩くが、様子がおかしい。真っ赤になって俯き、細かく震えるだけで返事をしない。やはり、どこか打ったのだろうか。

「まだ分からない？　ステージから落ちたんだよ！　だから早く戻って……」

「そ、そうじゃなくて……」

「そうじゃない、じゃないよっ！」

まだ呆けているのかと思った佑弥だが、事態を把握していないのは、自分の方だった。

「そうじゃなくて……胸……」

「……ムネ？　胸って……うわぁぁぁ！」

――むにゅ。むにゅむにゅ。

道理で、股間以外にも気持ちいいところがあると思っていた。掌に伝わるマシュマロのような弾力。佑弥の手は、彼女の乳房を鷲掴みにしていたのだ。

「ご、ごめ……！」

「待って……騒がないで……！」

彼女の視線に誘導され、ハッとした。無数のカメラと視線がこちらを向いている。佑弥の脳裏を、不吉な展開が駆けた。

公衆の面前で胸を揉まれるアイドル。醜聞が醜聞を呼び正体を暴かれるいりす。お嬢様のスキャンダル。

(守るって約束したばっかりなのに、何でいきなり、こんなピンチに――⁉)

「お、落ち着いて……。多分、まだ誰にも見られてないから……」

素早くカメラ位置を確認するいりす。さすがはテレビ出演経験者だと感心しながら、強《こわ》張《ば》る手を、往生際悪く乳房に貼りつこうとする掌を、強引に引き剥がす。

「いりすちゃーん、大丈夫？」

「はーい。いりすは大丈夫でーっす！　ご心配おかけしました～」

素早く立ち上がるが、声が震えているのが佑弥には分かった。ただ、それが落下の恐怖によるものか、それとも胸を触られ怒っているせいかまでは、判別できない。

「君も災難だったね。後で事務所の人に言って、慰謝料もらって。あ、もちろんいりすの事務所じゃなくって、あっちの芸人さんのね♪　間違えちゃダメだぞぉ？」

笑いを取って、緊張が走った現場の空気を和ませるいりす。彼女は佑弥の手を取って立ち上がりながら、素早く耳打ちしてきた。

「――これが終わるまで、わたしの車で待っていて」

以前、紛れ込んでしまった、黒塗りの高級車。シートは革張り。足元も、マットではなく毛足の長い赤い絨毯。あの時は夜でよく分からなかったが、内装だけでも、庶民には十分緊張を強《し》いられる豪華さだった。

運転手は、あの怖いメイドさん。確か彩音とかいう名前だったか。名前より、ナイフを突きつけられた方の印象が強く、トラウマを刻み込まれた気分で身体が竦む。

そして後部座席には、涼香が並んで座っていた。今はいりすの変装を解き、ワンピースの上にカーディガンを着ている。だがこちらも、心なしか顔が強張っている。

いりす落下の件は彼女がうまく立ち回って大事に至らず、イベントは無事に終了。なのに、会場を出てから、車内はずっと重い無言が続いていた。

(機嫌……悪いな。やっぱり、胸を触ったこと、怒ってるのかなぁ……)

彼女には、格好の悪いところばかり見られている。人づきあいに疎《うと》い生活をしてきたせいで、こんな時、どう対処すればいいのか皆目見当がつかない。

それにしても、どこに連れて行かれるのだろう。さっき門のようなものをくぐったが、それから約三分、ずっと林の中の一本道を走り続けている。

「あの……どこへ行くの、かな？」

「いえ、もう到着いたしました」

涼香に尋ねたのに、メイドが答えた。バックミラー越しに鋭い眼光で、大切なお嬢様と口をきくなと言わんばかりに威嚇してくる。どう考えても、初対面時の悪印象のせい。メイドさんにとっての佑弥は、無断で車に乗り込んだ不審者以外の何者でもない。

「はぁ……。あ、いやだから、どこに着いたのかを聞いて……」

「おうちよ、わたしの」

やっと口を開いた涼香が前方を指差す。その先の光景に、佑弥は言葉を詰まらせた。車が必要な広大な敷地に。木立の中に現れた、重厚な石造りのお屋敷に。

（こ、これが三之宮さんの……!?）

学園の校舎ほどもある、三階建ての大豪邸。窓という窓にはバルコニー。壁一面を覆う緑の蔦《つた》が、この屋敷の積み重ねてきた歴史を演出し、これはもう、お城だ。

車から降ろされると、その威容は遠方から見た時の数倍の圧力でのし掛かってきた。背丈の倍はある重厚な玄関ドアは、小市民の侵入を拒んでいるようにさえ思えてくる。

「さあ、遠慮なく入って」

家の中に招き入れられた佑弥は、さらに怖気づいていた。精緻な彩色の壺や、赤い絨毯の廊下の壁に飾られた、巨大な絵画の数々。来てはいけない別世界に迷い込んでしまった感覚に陥り、感心するより逃げ出したい気分だ。

（か……帰りたい……！）

しかも、三階にあるという涼香の部屋へ行くために使用したのは、階段ではなく、エレベーター。古いデパートにあるような年代物。こんなところにも、家柄の古さが窺える。

「彩音さん、お茶はいいわ。……戸波くんと大事なお話があるから」

「し、しかしお嬢様……！」

一緒にエレベーターを降りようとしたメイドを、涼香が人払いするように手で制する。

もちろん彼女は反発した。どこの馬の骨とも知れない男と二人きりにする不安は、佑弥にも理解できる。しかしメイドは、背筋を伸ばし、自然体で佇むだけの主に、それ以上の反論ができない様子。

「しょ……承知いたしました。何かご用があれば、お呼びください」

不服を滲ませながらも、彩音は大人しく階下へと戻っていった。

(……ご主人様の言う事は絶対ってことか……。こんな家で、娘がアイドルやりたいなんて言い出したら、そりゃ反対されそうだ)

「……さあ、どうぞ」

だが、涼香の私室へ案内された途端、それまでの緊張が嘘のように吹き飛んだ。重厚な扉の向こうは、いかにも名家のお嬢様らしい、白を基調にした明るい空間。ふかふかの絨毯に天蓋つきのダブルベッドなど、それだけなら小市民の緊張感は続いていただろう。

「こ……これはっ!!」

佑弥が眼を見張ったのは、埋め込み型の棚を埋め尽くすように並べられた、レコード、CD、ビデオテープやDVD、そして写真集、雑誌といった書籍の数々。それら全てが、アイドルに関するものだったのだ。しかも、主に女の子の。そして、七十インチテレビとオーディオセットが、それらをベッドから鑑賞できるように配置されている。

「すごい……凄いよ三之宮さんっ!」

佑弥のテンションは百八十度転換。思わず棚に飛びついて、彼女のコレクションを隅から隅まで眺め尽くす。自分たちが子供の頃に見ていたものは当たり前。生まれる前のレコードまである。お嬢様が財力にものを言わせてとひがむこともできるだろうが、歌手、グラビア、バラエティと、年代順に整理された自分以上のマニアぶりに、感動を禁じ得ない。

「あの……」

「あ……ご、ごめん！　失礼しました！　でも、あんまり凄くって……」

背後からの遠慮がちな呼び掛けに、興奮状態から我に返る。一部分とはいえ、女の子の部屋を不躾に眺めるなんて。冷や汗を掻きながら振り返ると、涼香は広いベッドに腰を下ろして俯いていた。息苦しそうに、ワンピースの胸をキュッと掴んで。呼吸も荒く、耳まで真っ赤に染まっている。

「ど、どうしたの三之宮さんっ！　……具合でも悪いの？」

心配して半歩足を出しただけで、涼香の身体は弾かれるように後ずさった。まるで暴漢にでも襲われたような、怯えた眼に当惑する。そんなに胸を触られたのが気味悪かったのかと、佑弥の方がショックを隠せない。

「あの……ごめん！　俺、やっぱり失礼なことを……」

「ち……違うの戸波くん！　そうじゃないの。そうじゃなくて……」

カーディガンを脱ぎ、ワンピース姿になった涼香が、そっと手を握ってきた。軽く引っ張り、隣に座るように促す。女の子と並んでベッドにだなんて、経験したことのない緊張に、ロボットのようなぎこちなさで腰を下ろした。彼女に近い左腕が、女の子の存在を意識するあまり、痛いほどの痺れを感じる。

「三之宮さん、あの……」

「戸波くん……さっき、わたしの胸、触ったでしょ？」

言葉を探す佑弥を遮り、いきなり涼香が核心を呟いた。言葉の槍が罪悪感を直撃し、ベッドから滑り落ちそうになる。

「うあうあ……！　ご、ごめんっ……でもそれは……！」

「あ、違うの！　怒ってるんじゃなくて……」

細い眉を、困ったような、泣き出しそうな八の字に下げ、ズイッと顔を寄せてきた。

「わたし……変なの。戸波くんに触られてから……む、胸が、ドキドキして、ウズウズして……落ち着かないの！　ど……どうしていいか、分からなくて……」

それだけを一気に捲し立てると、彼女は耳まで真っ赤にして黙り込んでしまった。疼くという自分の胸を掻き抱き、佑弥の肩に頭をつける。

「え、いや……でも……俺にどうしろって……」

しばしの沈黙。涼香は、佑弥の胸に顔を埋めるようにして、背中に腕を回してきた。そして震える唇で、ためらいながら、耳を疑うことを口走る。

「また……触ってみて」

「触っ……!?　そ、そんな、ご冗談を……」

佑弥の声も震える。彼女の言葉は理解できる。しかし、秘密を共有したとはいえ、まともに言葉を交わすようになってまだ日が浅い。そんな女の子の胸を触って欲しいと言われても、できるはずがない。そこまで佑弥の腹は据わっていない。

「お願い……。おっぱい疼いて、どうにかなっちゃいそう……。せせ、責任取って！」

責任。突然の展開に戸惑っていた佑弥には、それはむしろ、背中を押してくれる口実となった。触りたい。あの心地よかった胸が、据え膳となって差し出されようとしている。

「……い、いいの？　……本当に？」

生唾を飲み込みながら、念を押す。喉は震え、声も裏返って格好がつかない。それでも彼女は小さく頷くと、小刻みに震える手で佑弥の手を取った。自らの膨らみに誘い、疼きを鎮めるようにグッと押しつける。

「あ……」

声を出したのは、どちらだったのか。それすら分からないほど、佑弥も涼香も極限まで緊張していた。さっき、アクシデントで触れてしまった女の子の胸。外見だけでも十分すぎるほどのサイズを誇る涼香の乳房。しかし実際に触れたそれは、想像以上の重量感と、そして綺麗な半球の形を掌に伝えてきた。薄衣の下が、少し硬い。それがブラジャーだと気づいた佑弥は手を強張らせ、思わず膨らみを鷲掴みにした。

「あ……はぁ……ンッ！　はぁぁぁぁ……」

「あっ、ごめん三之宮さん！　……だ、大丈夫？」

服の上から触れているだけで、涼香の吐息が熱病のように熱い。顔や首筋から、滝のように汗が流れ落ちる。異常すぎる反応に心配になって尋ねると、彼女は首をふるふると振り、潤んだ瞳で佑弥を見詰めた。

「だ……めぇ……。ダメなのぉ。うずうず、全然止まらないのぉ……」

本当に具合が悪いのではないだろうか。佑弥は本気で思った。なぜならば、辛《つら》そうな涼香が首を佑弥の肩に預け、ワンピースのボタンをプチプチと外し始めたからだ。

「な……何して……!? だ、駄目だよ三之宮さんっ！ そそそ、それ、ダメだって！」

動けない。口では制止しながら、本能が少女の胸をはだける姿を見たがっている。

「はぁ……」

熱い溜め息と共に、襟元が開かれた。鎖骨の華奢なラインが、桜色に上気した肌に艶《なま》めかしく浮かぶ。それだけでも生唾ものなのに、細やかな刺繍のピンクのブラジャーから眼が離せない。切れ込みのような深い胸の谷間に、気が遠くなりかける。

「……いいよ」

吸い込まれるほど乳房に見入っていた佑弥の頭の上で、消え入りそうな囁きが響いた。その声に誘われるように、彼女の細い肩を抱き寄せ、ブラ上から膨らみを包む。たったそれだけで、倒れ込むほど大きく喉を仰け反らせる涼香。

「あ……は……」

切なげな喘ぎが、誘うように震える睫毛が、佑弥を奮い立たせた。下からブラの内側に指を滑り込ませ、豊かな半球を持ち上げるように揉みしだく。

（な……何してるんだ、俺……！）

自分の中に潜んでいた、野獣のような欲求に恐れおののく。それでも、掌に吸いつく涼香の肌の瑞々《みずみず》しさ、マシュマロのような柔らかさに、佑弥は完全に心を奪われていた。身体が、手が、自分のものではないように、勝手に動く。

「あ、や……。そんな……と、戸波、くん……！」

涼香も、右に左に身を捩って、佑弥の手から逃れようとしている。だが、抵抗は極端に小さい。突き飛ばそうと思えばできるのに、むしろ身体をすり寄せてくる。

その動きに乗じて、丸みの頂上に手を滑らせた。硬くて小粒な突起が、掌の中心に当たる。正体の見当はついているのに、確かめずにいられない。ゴムのような感触のそれを、二本の指でキュッと摘む。

「ふあッ!?　きゅぅあぁぁぁッ！」

甲高い悲鳴と共に、弓なりに反った涼香の背中が強張った。

（うわぁぁ……触っちゃった……触ってる……！　ささ、三之宮さんの……っ！）

女の子の身体で一番興味を引かれていた乳房。その中心の秘めた肉蕾。まして、この手の中にあるのは、憧れのお嬢様のそれなのだ。畏れ多いと思うと同時に、その弾力を楽しまずにいられない。彼女の激しい反応に気をよくして、むにむにクリクリと弄ぶ。

「そこ、ダメッ、そんな、おっぱい……ち、乳首……ちくびが、ひ、ひッ、ひぃンっ！」

「ど、どう、三之宮さん……ウズウズ止まった？」

「わ、分かんない……分かんないよぉ……ふぁあぁぁぁ……」

それは佑弥も同じだった。頭も目玉もぐるぐる回って、自分でも何をしているのか分からない。切なげに身体をくねらせながら、彼女が腰に腕を回してくる。一分の隙もなくピッタリと密着し、触れている部分の体温が際限なく上昇していく。あまりの熱さで身体が溶けそうだ。

「はぁ……ン、ふぁぁぁ……。と、戸波くん、これって……」

涙をいっぱいに溜めた涼香が、佑弥の股間に何かを見つけた。たおやかな手が、それをするっと撫で上げる。

「あっ……はぁぁぁ……」

腰を包み込む甘い快感。涼香が、腫れ上がったジーンズの股間を弄んだ。自分でも気づかないうちに、硬く、大きく膨張した肉欲勃起。彼女はそれを掌で包み込み、転がすように優しく撫でる。

「これ……わたしがステージから落ちた時、お尻に当たってた……」

「ご、ごめ……ごめん、ふぅあぅッ!!」

やはり気づかれていた。バレてしまったショックや罪悪感を覚えるより先に、頭をピンクの靄《もや》が覆い尽くす。軽く触れられているだけなのに、早くも射精しそうな勢いで勃起が疼いた。先端から先触れ粘液を吐き出しトランクスをべったり濡らす。

「ずるい……」

股間を見下ろしていた涼香が、拗ねるように頬を膨らませた。

「わ、わたしはっ、おっぱい触られて恥ずかしい思い、してるのに……！　ととと、戸波くんも見せてくれなきゃ、ずるい！」

「えええええっ!?」

こんなものをお尻に当ててるなんてエッチだ、とかひどいとか非難するなら話は分かる。しかし涼香は、問答無用でジーンズを脱がせにかかった。そもそも、触れとお願いしてきたのは涼香の方ではないか。それに、佑弥は彼女の乳房を直視していない。乳首だって、触っただけで色も形も確認していないのに。理不尽で不公平な要求に戸惑っている間に、彼女は完全勃起状態の肉棒を取り出してしまった。

「――ヒィッ!?」

自分で出しておきながら、異性の性器の威容に、涼香は身を竦ませる。

「こ、これが男の子の……？　ウソ、だって、こんな……大きい……」

お嬢様とはいえ、彼女だって年頃の少女だ。ある程度の知識は持ち合わせているはず。それでも、先端から涎を垂らしながらビクビクとしゃくり上げる実物の肉塊に、すっかり怯えてしまっている。

「……やっぱりやめよう、こんなの、お嬢様が触るものじゃ……」

ペニスを恐がる涼香を気遣ったつもりだった。正直に言えば佑弥だって、不意打ちで性器を晒され、顔から火が出るほど恥ずかしい。だが、その言葉は逆効果だったようだ。

「お、おっぱい触られた仕返し……する……するのぉ！」

お嬢様モードがおっとりしているから忘れていた。彼女は——涼香は、親に逆らってでもアイドルの道を選ぶ負けず嫌い。意志の強さは、佑弥ごときの比ではなかった。しなやかな指を、肉柱に絡みつける。ペニスの芯に甘美な疼きが生まれ、腰まで痺れる。

「うっ……くぁッ！」

「……あっ⁉ ご、ごめんなさい……！」

とはいえ、少女にとって初めての異性の性器。思わず漏らした呻きに驚き、指を引っ込めてしまう。だが今度は、佑弥の方が収まりがつかなくなっていた。初めて触れた、女の子の手。そんな気持ちのいいものを、みすみす逃すなんてできはしない。

「……やっぱり、恐い？」

続けるかやめるか、その決断を委ねる。お嬢様のプライドを見越して、気遣うふりで涼香を挑発したのだ。卑怯だと思った。それでも彼女の愛撫が欲しくて堪らない。

「あ……あぁ……」

涼香の瞳が、恐怖心と欲情のはざまで揺れる。佑弥は彼女の手を取り、そっとペニスを握らせた。わずかに抵抗する腕を押さえ、脈打つ肉塊に、しっかりと掌を吸いつかせる。

「あ……あぁ……はぁぁぁ……」

熱い吐息が、佑弥の首筋をくすぐった。強張った腕が次第に緩む。逆に、掌はペニスを握り締めてくる。自分の意思で、しっかりと、力強く。

「熱い……あぁぁ、硬い…………。これが、男の子の……」

「そうだよ、それが……僕の……うっ！」

指の腹が亀頭のカリを軽くくすぐる。それだけで、張り詰めた勃起が爆発しそうになった。もう長くはもたない。焦った佑弥は、彼女の胸に手を戻した。涼香が眼を閉じ、甘い息を吐く。膨らみを揉みしだくリズムに釣られるように、彼女の手も動き出す。握り締めた肉棒を、強弱つけて扱《しご》き始める。

——ぐにゅ、じゅる。むにゅにゅ、ぐちゅちゅる。

二人は音楽を奏でるように、交互に手指を動かした。ひと揉みごと、ひと擦りごとにテンポが速くなる。愛撫の力も強くなる。

「あぁ、はぁぁぁ……。い、いいよ三之宮さん。気持ちいい……ッ」

「い、いいの？　戸波くん……わたしも……ああ……そう……おっぱい、いい……」

初々しい、とは言い難い愛撫に二人はのめり込んでいった。見詰め合い、互いに敏感なところを探り合って相手を責めることに夢中になる。佑弥が乳首を転がせば、涼香は指に粘液を絡めて亀頭に塗りつける。ぎこちないながらも、初めての経験に昂って、何をされても気持ちがいい。息が荒くなってくる。腰に力が入らない。

欲情に濡れた視線が絡み合う。はぁはぁと熱い吐息が近づく。

「はぁ……ン、ふぁぁぁぁっ！　ゆ、佑弥くん……佑弥くぅん！」

「おあっ……んむあぁ……！　りょ……涼香……さん……んむっふぅッ⁉」

無意識に、互いの名前を呼び合った。自然に、唇が吸い寄せられる。蕩けそうに柔らかい感触に口を塞がれ、頭の中が完全に真っ白になる。

「りょ、涼香さ……んむっ、りょうか……れろ、ちゅぶっ！」

「ひゅぅあぁぁ、佑弥くん……ん、ちゅッ、ちゅる……じゅ、じゅるる！」

舌を突き出し、絡め合う。ファーストキスとは思えない激しさで、溢れる唾液を啜り合う。あまりの快感に身体を支えられなくなって、二人はベッドに横倒しになった。それでも愛撫を続けながら、首をくねらせ唇を啄み合う。

（俺、涼香さんにチンポ触られながらキスしてる……お嬢様と……いりすと……夢だよ、こんなの……夢に決まってて……はぁぁぁ！）

夢なら、覚める前にもっとキスしたい。乳首を摘むと、彼女の唇がチュッと舌に吸いついた。ペニスを扱く手も速くなって、腰の奥から何かが湧き上がってくる。グツグツ沸騰するような熱さに、ペニスが限界を迎えようとしているのを感じる。

「ンむあぁぁ……しゅごい……！　佑弥くんのおちんちん、わらひの手の中でビクビクって……ふぁぁぁぁ、熱い……しゅごい、しゅごいのぉぉッ!!」

涼香も完全に理性が飛んでいる。無我夢中で肉棒を扱き、卑猥な粘液を擦りつける。

――ぐちゅ、ぐちゅっ、ぐじゅるぐじゅッ!!

「ぐあぁぅ、おぅぅあッ！　あああ……ダメ、涼香さん！　俺……俺、もう！」

テクニックなど皆無の目茶苦茶な愛撫に、佑弥の下半身が歓喜の悲鳴を上げる。少女に

抱きつき、しがみつくように胸を捏《こ》ね、カクカクと腰を振りながら絶頂へと走り出す。

「お、おっぱい……ふぁぁぁん！　ゆ、佑弥くん……佑弥くん！」

「うあッ、そんな激しくッ、あぁぁ……出るッ、出ちゃうよ、出る…………出るッ!!」

——どびゅっびゅるびゅるッ、びゅるるるぅぅぅぅッ！

「うあっ、おぅあぁぁあぁぁぁぁッ!!」

打ち上げられた魚のように腰を跳ね上げ、白濁液が飛び出した。ロケットの噴射のような勢いで、ベッドに、ワンピースに、そして少女の汗ばんだ手に、糊のようにねっとり濃厚な子種汁を貼りつける。

「きゅぁぁン！　あっ、あッつぅぅいッ！　ひィィィあぁっ、あぁぁぁぁあぁぁぁッ！」

佑弥に乳首を抓られ、一拍遅れで涼香も背中を仰け反らせた。眼を大きく見開いて、小柄な身体をヒクヒクと激しく痙攣させる。

「な……なにこれぇ……。お……おっぱい、だけで……イッちゃった……よぉ……」

「お……俺も……こ、こんなに、気持ちいい……なんて……」

鈴口から、二度三度と精液が小さく飛び出す。快感が激しすぎて勃起が治まらない。

「あは……。佑弥くん……おちんちん、しゅごいぃ……」

涼香が、妖艶に、それでいて無垢な笑顔で嬉しそうに硬直を扱く。佑弥も、愛しい彼女の乳房を撫でる。精液の青臭さに酔ったように、二人は飽きることなく唇を貪り続けた。

第二章　メイドさんの秘めた想い

トイレの個室の薄いドア一枚挟んだ向こうから、二、三人の女生徒たちの弾んだ声が聞こえる。彼氏ができたとか、実は早くも別れたらしいとか、そんな話を延々と。しかし鏡の前の井戸端会議もひと段落ついたのか、彼女たちはお喋りを続けながら出ていった。

「ふぅ～……」

遠ざかる声を確認し、佑弥は潜めていた息を解放した。それでも、大声を出せない状況に変化はない。なぜなら、ここは女子トイレ。通常、男の存在が許されない空間なのだ。

「……だから危ないって言ったじゃないか」

便座に腰かけた佑弥は、脚の間にちょこんとしゃがむ少女に抗議する。こちらは冷や汗を掻いているのに、彼女は枕のように太腿に頭をのせてクスクスと笑うばかり。

「始める前でよかったじゃない。佑弥くんって、声が大きいんだもの」

「だ、だってそれは、涼香さんが……って、だからダメだって……！」

小さくも甲高い金属音を立て、涼香がいそいそとベルトを緩める。佑弥も条件反射的に腰を浮かせて、ズボンを脱がせる手伝いをしてしまった。下着まで引き下ろされ、女子トイレという男子禁制の場で男性器を剥き出しにされてしまう。

「あはぁ……ふふっ。佑弥くんたら口ばっかり」

涼香が嬉しそうに眼を細めた。佑弥の股間が、少女の視線を感じてビクッビクッと痙攣する。天井を指して屹立《きつりつ》する肉ロケットに、ほっそりとした指がゆっくりと絡みつき、思わず「うっ……」と呻きを漏らす。

（あ……あぁぁ……。涼香さんの手……気持ちいい……）

その滑らかな感触が、つい数日前の出来事を頭の中にフラッシュバックさせた。お嬢様の部屋で、彼女の服や手を精液で汚してしまったことを。その場の勢いとはいえ、快感の後に襲ってきた後悔に、どれだけ悩まされたことか。精液の臭いを彩音に勘づかれでもしたら、今度こそ殺されると、今でも怯え続けているくらいだ。

しかし、お嬢様は違っていた。

あの翌日、微妙な表情をしていたから、彼女も破廉恥行為を悔いているのだと思い込んでいた。それが、清掃の時間に校舎裏で二人きりになった時、竹箒を両手で握り締めた涼香が、神妙な顔で近寄ってきたのだ。

「ゆ、佑弥くん。あの……よかったらでいいんだけど……。また、見せてくれる？　お……おお……おちんちん、から……白いのが、出るところ……」

「はぁ。…………はぁあぁぁぁっ⁉」

お嬢様にあるまじき破廉恥な要求に、開いた口が塞がらない。しかも彼女は、言いづらいことを口にしたことでタガが外れたのか、堰を切ったように喋り始めた。

「あれって凄いのね。わたし、びっくりしちゃった。お……おちんちんが、熱くなって、鉄みたいに硬くなって……それでビクビクって震えたかと思ったら、ドピュドピュぅって感じで、ねばねばした精液がいっぱい……やだもう。わたし、何を言ってるのぉ⁉」

　キャッと両手で顔を覆ったところで、頬を紅潮させながら無邪気に卑猥な言葉を並べ立てた後では、恥ずかしがっているふりにしか見えない。どうやらこのお嬢様、佑弥の射精が大変お気に召してしまったようだ。

「え……えっとね。でも、あの時はわたしも夢中になりすぎちゃって、よく見られなかったから、その……もう一回だけ。…………だめ？」

　顔を覆った指の間から、好奇心と期待に満ちた眼を覗かせ、はしたないおねだりをする涼香。その欲情混じりの色に、下心を揺り動かされる。

（りょ、涼香さんと、また……。いや待て、彼女はお嬢様で、アイドルなんだぞ⁉　アイドルがあんな真似……アイドルと、お嬢様と…………も、もう一回……）

　あれこれ言い訳を探したところで、理性の抵抗など、下半身の欲求の前にはまったくの無力だった。あの快感の味を、彼女の掌を忘れられるはずがない。結果、誘惑に抵抗しきれなくなった佑弥は、すでに彼女のおねだりで勃起していた肉棒を取り出し、人気のない校舎の裏で、少女の指によって精液を雑草の上に撒き散らしたのだった。

　しかし、人目につきやすい場所はやはり危険だと認識したのだろう。一回だけと言ったのに、それから三日と置かずに二回目を要求してきた涼香は、放課後を待って、躊躇する佑弥を女子トイレに引き入れたのだ。

「や、やっぱり、こんな場所じゃ……うッ！」

剥き出しの太腿を、彼女の指で逆撫でされ、心地いい静電気でピリッと痺れる。

「平気よ……佑弥くんが、声を出さなければ……」

まるで女性を脅かす卑劣漢のような言い回しだ。だが上目遣いで見詰める少女の、秘密めいた囁き声に、佑弥は喉を鳴らして唾を飲み込んだ。

息を吐いて、下半身を彼女に委ねる。熱勃起に吸いついた掌が、ゆっくりと上下に動き出す。たったそれだけで、内腿の筋が強張った。脈動するペニスが、透明な液をとろりと零す。それが肉柱と手の間に流れ落ち、卑猥な粘着音を奏で出す。

――ちゅッ、くちゅ、くちゅくちゅ、にちゃっ。

「あは……いっぱい濡れてきた。これって、精液じゃないのよね？」

もう淫語を口にするのもためらわない。佑弥がこっくりと頷くと、涼香は楽しそうに先触れ液を指に絡め、肉幹にたっぷり塗りつけた。自家製の潤滑油を得て、彼女の愛撫が速く、滑らかになる。

「男の子も、こんなに濡れるんだね……」

感心したようにポツリと呟く涼香。だが、何気ない少女の言葉は、思春期の少年の妄想を、もの凄い勢いでフル回転させた。

(男の子もってことは……女の子もってことで……それって、涼香さんもってことか⁉)

まだ見ぬ彼女の陰部から、とろりと零れる女の子の露。そこを、自分で触る涼香。清楚な姿からは想像できない、お嬢様のオナニーシーン。

「おうッ……んッ、はぁ……ッく、くぁぁ……ンッ、くっ」

　自分の指で乱れる涼香の妄想に、鼻血が出そうなほどのぼせ上がる。疼きが腰全体に広がって、漏れそうになる喘ぎを必死に噛み殺した。

「あは、すごぉい。おちんちん、また大きくなった。面白ぉい……」

　膨張する男性器に、涼香が歓喜する。彼女がペニスを握るのは、まだ三度目。それなのに、息がかかるほど間近で覗き込み、その変化や動きを楽しんでいる。初めから恐怖感より好奇心の方が勝っていた感じではあるが、男根を悦ばせるテクニックは段違いに上達していた。スナップを利かせ、絶妙の握力で佑弥を悶えさせる。張り詰めたカリ首を爪で引っ掻かれると背筋が震え、鈴口をくすぐられると、腰が蕩けそうになる。

「りょ、涼香、さん……。君は、アイドル……なんだから、こんな……あがっ！」

「佑弥くん、こういうのも好きだよね……」

　佑弥の忠告を無視するように、薄い爪が、裏筋を肉幹の付け根から逆撫でした。甘電流が全身を走り抜け、思わず首を仰け反る。彼女には、色々な意味で弱点を掴まれてしまったような気がするが、淫摩擦の魅力に童貞少年が勝てるわけがない。寄り道ばかりの愛撫がじれったい。無意識に右手が股間に伸び、自分で慰めようとする。

「あん、ダメよ。わたしが気持ちよくしてあげるんだから」

　だがそれも、悪戯っ子をたしなめるような涼香に払われた。下半身に切なさが募る。

「で……でも！　俺……俺っ！」

ここがどこかも失念し、大声で悶え始めた佑弥の口が、ピンクのリップで塞がれた。強い吸いつきに背筋が痺れ、カッと見開いた眼を閉じ、舌を突き出す。

――チュ、ちゅぷ……れろれろ、ちゅる……。

涼香も中腰になって覆いかぶさり、唇と舌を捻《ね》じ込んできた。その間もしっかりと肉棒を握って、優しく扱く。

「ンもう……チュ。佑弥くん、声が大きい……んむ……だから……ちゅぱッ」

余裕の笑みを見せながら、彼女もキスで興奮してきたのか、頬を染め、巻きつけるように舌を絡めてきた。ザラつく味蕾が擦れ合い、二人で快感の呻きを上げる。流れ込む唾液が媚薬のようにペニスを疼かせ、自分でも驚くほどの硬度でペニスが膨張する。

「はぁぁぁぁ……すごい……！　こんなに大きいのに、もっとコチコチに……。ね、これって……わたしの手が気持ちいいから？」

頬を撫でながら、覗き込むように尋ねるエッチなお嬢様。波打つ五本の指で硬勃起を揉むように擦り上げられ、びゅるっと漏れた先触れ液が白く濁り出す。

「そ、そうだよ……。涼香さんの手も、キスも……う、あッ……気持ちいい……」

「嬉しい！」

涼香はチュッと唇に軽くキスすると、再びしゃがんで、本格的に扱き始めた。残像が見えるほど素早く手を上下させ、もう一方の手で陰嚢を揉みしだく。

「あう！　そ、そう……もっと早く……強く……うぁぅッ！」

「気持ちいい？　わたし、上手っ!?」

急激に湧き上がる射精感に、歯を食い縛って耐えながら、首が折れそうなほど何度も頷く。彼女の額にも汗が滲む。焦らしから一転して、とどめを刺すように勃起を擦る。

「ンく……はぉうッ！　も、もう……あぐッ……で、出そう……だ……！」

射精予告に、お嬢様の瞳が興奮で輝いた。彼女は待ち望んだ瞬間を見届けようと、手からはみ出す亀頭に紅潮した顔を近づけた。

「見せてっ。佑弥くんがドピュドピュするとこ、いっぱい見せて！」

急かすような激しい愛撫に腰が浮く。便座を握り、絶頂に向かってペニスを力ませる。

「き、気持ちい……ッ、はぁッ！　出るっ、ああもう出る、出すよ涼香さん！」

「出して！　射精見せて！」

「くッはぐぁあッ、あぁぁ、いい！　出る、出る……出……はぅおぁあぁぁぁッ！」

――びゅるッ！　びゅるるるッ、びちゃ、びゅるぅぅぅッ！

「きゃあ!?　あぁぁん！」

破裂したかと思うほどの勢いで精液が飛び出す。同時に、涼香が悲鳴を上げた。うっすらと眼を開き、汗で霞んだ視界に映った惨状に肝を冷やした。

「わ、わわぁ！　りょ、涼香さんっ、ごご、ごめ……！」

射精を見ようとして、顔を近づけすぎたのだろう。涼香の前髪や赤くなった頬、濃緑色のブレザーまで、乳白色の粘液をもろにかぶってドロドロになっていたのだ。しかし彼女は困惑しながらも、鼻の頭に付着した白い塊を、興味深げに掬い取った。

「ドロドロぉ。うふ、変なにおぉい……。これが赤ちゃんの素だなんて……何か不思議ね」

「りょ、涼香さん、じっとして。拭いてあげるから」

トイレットペーパーを巻き取って、粗相の後始末をする。そのさなか、涼香のポケットで、携帯がくぐもった着信音を立てた。

「もしもし。あ、彩音さん？」

外を気にしつつ涼香が小声で囁いた名に、佑弥はドキリとした。お嬢様の秘密を守るためなら不審者の抹殺も辞さないメイドさんに、こんな姿、とてもとても見せられない。

(悪い人じゃないんだろうけど……)

きっと、役目に忠実な人なのだ。そう思っても、首筋に当てられたナイフの感触は、簡単には忘れられそうにもない。

「……え、もうそんな時間⁉」

「仕事？」

「うん、テレビの収録があるの。……じゃ、また見せてね、佑弥くん」

精液を拭き終わり、身支度を整えた涼香が慌ただしく個室を出る。かと思ったら小さくドアを開け、ウインクしながら小さくバイバイと手を振って、仕事に向かった。

「……またやってしまった」

釣られて笑っていた佑弥は、頭を抱えて便座にへたり込んだ。誘惑に抗えなかった自分のスケベさが情けない。確かに彼女の愛撫は気持ちがいいし、単純に嬉しい。

しかし、涼香は有名企業のお嬢様にして人気アイドル。そんな彼女と、佑弥ごときが一緒にいるなんて、それだけでも重大な隠しごとなのに、こんな不純な行為まで。

（お嬢様とのエッチ……アイドルとのエッチ……うわぁぁぁ……）

どちらの秘密が露見しても、ただでは済まない。何が起こるか予想がつかない。なのに、涼香の「また見せてね」が魅惑的すぎて、罪悪感より、快感への期待が大きく膨らむ。

（か、隠し通せばいいんだよ。てか、俺と涼香さんがこんなことしてるなんて、自分でも想像できないくらいなんだから、誰にもばれるはずないって。だ、大丈夫！）

自己暗示のように言い聞かせると、なんだか本当に大丈夫のような気がしてきた。単純な自分に感謝する。だが、これだけあれこれ考え事をしておいて、佑弥は、今、一番切迫した問題を失念していた。ドアの向こうに、数人の女子の声が響くまで。

（……ここ、女子トイレだったぁぁぁぁっ！）

数分おきに人が来るので身動きも取れず、発見される恐怖に震えながら、佑弥は小一時間も個室に閉じ込められる羽目になった。ただ放課後だったのが幸いし、人気がなくなったのを確認して脱出。あの時涼香と一緒に出ていれば「ちょっとしたスリリングな体験」で済んだはず。

「酷い目に遭った……トラウマになりそうだ……」

家に戻ると自分の部屋に直行し、倒れ込むようにしてベッドに突っ伏した。ふかふかの布団の感触で、やっと緊張から解放される。

「せっかく、涼香さんと気持ちのいいことできたのになぁ……」

その涼香のわがままが原因で緊急事態を招いたのだが、なぜか彼女を悪者にする気になれない。たった数度の愛撫で、身も心も飼い慣らされてしまったかのようだ。

ごろんと仰向けになり、大の字になって股間の快感を反芻《はんすう》する。細い指に搦め捕られた記憶が呼び起こされ、勃起しかけの肉棒がムズムズとくすぐったい。

「しかし……まさか、涼香さんがあんなにエッチになるなんて」

可哀想に、清純だったお嬢様は悪い男にたぶらかされて淫乱娘に。もちろん、悪い男とは佑弥のことに他ならない。

「……あああ……ごめんなさい、ごめんなさいっ！」

好きなアイドルだからこそ、できれば恋愛に関しては初心でいて欲しいと思うのが、ファン心理というもの。

アイドルの恋愛。いりすの彼氏。

そんな単語を並べただけで、胸の奥が痛くなる。ましてや彼女の恋愛経験なんて考えたくない。

「俺って、こんなに焼き餅焼きだったかなぁ……」

他人と関わるのが苦手な自分が、女の子を独占したがるようになるなんて。自嘲ぎみに笑ったおかげで、少し余裕が出たのだろうか。それらのキーワードは、頭の片隅から別の記憶を呼び起こした。

「恋愛……恋愛っていえば……そうだ！　昨夜の、いりすが出てる番組！」

昨夜の深夜枠で放送されたものを、部屋のレコーダーで録画予約していたのだ。女性を四、五人集めた恋愛トーク番組。女子トイレの衝撃で、うっかり忘れるところだった。

ガバッと飛び起き、いそいそと再生。ただ、恋愛トーク番組なんて佑弥の興味の対象外で普段はまったく観たことがない。今回はアイドルという括《くく》りで、いりすにもオファーが来たらしい。仕事の予定は比較的教えてくれる涼香だが、なぜかこれについては聞かされなかったし、テレビ雑誌の記事がなければ完全に見逃していたところだ。

赤い花で飾られたセットは、いかにも女性向け。ハの字に置かれたワインレッドのソファの左端に、ＭＣの女性コラムニスト。そこから、ゲストの女の子が四人ばかり並ぶ。対談形式で恋愛経験を語っていくらしい。画面奥には、一般女性が二十人ばかり、ひな壇からタレントを見下ろす形で座っていた。

「こうして見ると……やっぱり、いりすって浮いてるなぁ」

今回、歌で活動しているアイドルはいりすのみ。あとの三人はグラビアアイドルだ。他のメンバーがラフな服装なのに、彼女だけはいつものピンク頭に派手な衣装。おかげでそこだけ空気が異質だ。ＭＣにも、空気の読めない人扱いされている。

「あーもう、本当はそんな娘じゃないのに！」

彼女の派手さはおバカタレントだからではなく、正体を隠すためだと教えてやりたい。だが秘密にしなければならないのに教えたら元も子もない。そのジレンマがもどかしい。

「……しかしこれは……うーん……」

彼女の衣装のことは仕方がないとして、佑弥は、番組の内容に唸った。これまで付き合った人数や、初エッチのエピソード。男性経験の数に浮気の経験。女性に性経験を尋ねる質問は意外に過激だ。こんな話を〝涼香〟ができるのかと心配だったが、それも最初の数分だけだった。告白するのは、もっぱら背後に座っている一般女性。ゲストは感想を述べるにとどまっている。

「そりゃそうだよな。タレントの中でも、アイドルなんて特にイメージを大事にしなくちゃならない職種だし。それに、トーク番組にも台本はあるはずだし」

おかしなことは言わされないはず。しかし、そう思うのは早計だった。

『そういえば、咲希《さき》ちゃんは一般人の彼氏がいるんだっけ？』

MCが、茶髪で大人っぽい少女に話を振る。頷く咲希に、佑弥は少なからず驚いた。トップクラスのグラビアアイドルである彼女のことは以前から知っていたが、彼氏がいるとは初耳。そういったことは、表向き公言しないものだと思っていた。

そして、そこに食いついたのは佑弥だけではなかった。

『ええっ！　咲希ちゃん、彼氏いるのぉっ⁉』

咲希の隣に座っていたいりすが大声で身を乗り出す。それまで落ち着いた雰囲気で談笑していた咲希が、面食らって眼を見開いた。

『う、うん、まぁ……。そ、そういういりすちゃんは、どうなのよ』

彼氏から話題を逸らすつもりだったのだろう。しかしその問いが、いりすを暴走させることになろうとは。

『いりすはぁ……あ、お姫様だから、一般男性とのお付き合いはありませーん。ないったらないよ？　あ、でも、おちんちんが大きくなるのは最近知った！　あれって……』

『ストーぉぉップ！　いりすちゃんっ、深夜でも女の子がそれ以上はダメーッ！』

アイドルにあるまじき、それ以前の問題として、テレビにはふさわしくない発言が飛び出しそうになり、泡を食った咲希がいりすの口を塞ぐ。スタジオは大爆笑。しかも、彼女の際どいセリフがテロップででかでかと画面に出て、佑弥を悶絶させた。

「な……何を言い出すんだよ涼香さん！」

確かに、この数日間にエッチな少女として目覚ましい成長を遂げたが、根は上流社会のお嬢様、人前でそんなことを言える子ではなかったのに。いりすモードに入ると抑制が利かなくなるのか。それとも、箱入り娘として純粋培養されてきたので、何が恥ずかしいことなのか、一般常識を基準にしての判断がつかないのか。

「ど……どっちにしても、後で注意した方がいいかも」

画面では、スタジオの爆笑に包まれる中、すっかり冷静さを失った咲希が、いりすの暴走を止めようと必死になっていた。確か小悪魔っぽさが売りだったはずだが、今の彼女は自分のキャラクターを保てず、天然アイドルに振り回されている。

「うちのお嬢様が……申し訳ない」

佑弥はベッドの上で正座すると、画面のグラビアアイドルに深々と頭を下げた。


それは、本当に偶然だった。翌日の学校帰り、スーパーから出てきたメイド服の女性とぶつかりそうになったのは。

「わぁっ⁉」

寸前で衝突は免れたが、彼女は勢い余ってドスンと尻もちを突いてしまう。

「だ、大丈夫ですか⁉　って……彩音さんっ！」

反射的に手を伸ばせば、倒れた女性は涼香のメイド。立ち上がる手助けをしようとしたが、彩音は顔を赤らめそっぽを向き、自力で立ち上がった。

「へ、平気です。余計なお世話です」

佑弥に恥ずかしい姿を見られたとでも思ったのか、彼女は背中を向け、埃で白くなったお尻をパンパンはたいた。

「あ……彩音さん。えーっと、お買い物ですか？」

出会いがしらの衝突だったため、間抜けなことを言ってしまった。案の定、振り返った彼女は、あからさまに不機嫌な顔をしている。

「見れば分かるでしょう。それに、あなたに名前で呼ばれるいわれはありません」

「いや、そうじゃなくて……三之宮さんちみたいな大金持ちでも、こんな普通のスーパーで買い物するのかなって思って……。それに、名字は知らないし……」

懸命に、後付けで理由を捻り出した。それにフルネームに関しては本当だ。一応は筋の通った理由を示され、彼女も納得したのだろうか。

「……………鳴滝《なるたき》。鳴滝彩音と申します。祖母の代から三之宮家にお仕えしており、わたくしは涼香お嬢様専属のメイドをしています。以後、お見知りおきを」

溜め息混じりながらも淡々と、両手をお腹の上で重ねて頭を下げた。気に入らない相手でも、佑弥はお嬢様のご学友。使用人としての矜持《きょうじ》で接する彼女に、さすがはプロのメイドさんと感心する。

「あ、俺は……じゃなくて自分は……私は、戸波佑弥と申します」

佑弥も慌てて頭を下げる。ちゃんとした言葉遣いが分からず、しどろもどろ。自分の教養のなさに赤面する。彩音は呆れ顔で、レジ袋を掲げてみせた。

「それと……これはお嬢様への差し入れです」

袋の中は、ペットボトルのお茶や、お菓子など、確かにそれらしいものが。差し入れということは仕事中なのだろうか。担任の話では、今日の欠席理由は風邪だったはず。

「……急なお仕事が入ったんです。学業に支障のないよう、基本的に活動は放課後に限っているのですが」

仕事が増えれば、融通の利かない場面が出てくるのは仕方がない。しかも、学園にもアイドルのことは秘密らしい。

（そりゃそうか。どうしたって家に話が伝わっちゃうもんな）

うんうんと納得していると、彩音は佑弥と普通に会話している自分に気づき、急に唇をつぐんでしまった。身体を翻し、早足で歩き出した彼女を慌てて追いかける。

「お話は終わったはずです。なぜついてくるのですか」

「いや。俺的にはまだなんですよ」

例の深夜番組の件。彼女に相談なり忠告を頼むのが、いりすには一番効果的なはずと思っていた。だが話をしようにも、彩音は立ち止まってくれない。それどころか佑弥を引き離そうとしてスピードを上げた。しかも、悔しいことに彼女の方が脚が長い。ついていくだけので精いっぱいで、ゼイゼイと息が乱れる。

「な……鳴滝さんこそっ！　……何でそんなに意固地なんですか⁉」

「意固地なのはそっちでしょう！」

無駄に挑発的な言葉の応酬は、すぐに辿りついたゴールでひとまず終わった。そこは、大通りから外れたところにある、ボートの乗れる大きな池のある公園。運動施設も充実している他、奥には雑木林の遊歩道もあり、この近隣では比較的大きな憩いの場所だ。

その中央にある噴水の脇で、大型のカメラやライトを持った大人たちに囲まれ、ピンク髪の少女がポーズを取っていた。

て口を滑らせる。


「写真集か何かですか？」

「いえ、あれは青年誌のグラビア……あなたに教える必要はありませんっ」

佑弥との競歩で彩音も相当に息を切らしているのか、冷静な彼女には珍しく、勢い余って口を滑らせる。

「でも、こんな時間に？　人も集まり始めてるみたいだけど……」

撮影隊を囲む人の輪が、徐々に厚くなっている。今は子供用の遊具で遊んでいたらしい親子連れがほとんどだが、そろそろ噂を聞きつけた学生が集まってきてもおかしくない。

「本当は、早朝の予定だったのです。でもカメラマンの都合や、機材の故障などで……だから！　なぜわたくしは、あなたに話しているのです⁉」

まだ息が整わないのに苛立って、再び口を滑らせる彩音。なぜと聞かれたところで佑弥に答えられるはずもないが、あえて言うなら、彼女が律儀だからとしか。

高々と吹き上がる噴水をバックに、いりすが次々とポーズを変える。彩音はそれを遠目に眺めながら、立木に添うように待機した。佑弥も、彼女の定規を当てたような直立姿勢につられて真っ直ぐ立つ。

こうして並ぶと、佑弥よりほんの少し、五センチほど背が高い。上から見下ろされる視線も、彼女を苦手に感じてしまう要因のひとつだろうか。

「……まだかかりそうですね」

今度は返事がなかった。こちらを見ようともしない。元から口数の少ない彼女だが、単純に佑弥と口を利きたくないのだろう。二人の間で、空気が張り詰める。そんな冷たい態度を取られながら、佑弥は、盗み見た彼女の横顔から眼を離せないでいた。

意志の強さを表すように吊り上がった眉。上向きにカールした長い睫毛。筋の通った高い鼻筋や、キリッと結ばれた紅の唇や鋭角な顎など、どのパーツも頑固そうな感じで、近寄りがたい雰囲気を醸し出す。

黒い瞳の強い視線にも、気圧されそうだ。だが今は、涼香を見詰める時だけは、少しだけ違っている気がした。仕事中のお嬢様を、一瞬たりとも見逃すまいとしているかのようにも見える。

（なんか……好きなテレビに熱中してるみたいだ……）

そう思えば、きつく唇を結んだ顔も微笑ましい。なのに、いつも不機嫌そうなのがもったいない。佑弥に対してだけなら納得もいくが、涼香に対しても感情を露わにすることはなく、そのため、どうしても冷たい印象ばかりが目立つ。

パシャッとカメラのフラッシュが焚かれた。アイドルは、それ以上に眩しい笑顔をレンズに向ける。あそこまでは無理でも、もう少し愛想良くしてくれてもよさそうなものだ。

「さっき転んだ時は、結構可愛かったのに……」

「わたくしが、どうかしましたか？」

「え！　俺、何か言ってました⁉　えーっと……鳴滝さんて、綺麗だなぁ～なんて……」

まさか口に出ていたなんて。独り言を聞かれてどう対処していいか分からずに、おべっかのようになってしまった。見下ろしてくる彼女の視線が冷たい。へらへらした態度が気に入らないと、その顔にはっきりと書いてある。

（……はぁ。なら……どうせ嫌われついでだ）

佑弥は小さく溜め息を吐くと、懸念していた件を切り出した。

「……鳴滝さん。一昨日、深夜に放送されてた番組に、雨宮いりすが出てましたよね」

「それが……何か？」

急に話題が変わったせいだろう。今度は少し驚き、顔だけで向き直った。

「ほら、あの下ネタ的な発言って、どうなのかな、と……」

「あれは……いわゆる受け狙いというものなのでは？」

彼女も、本当はまずいと分かっているに違いない。そう思っていたのに、小首を傾げ、瞬きもせず凝視してくる彼女の不思議そうな眼が佑弥を戸惑わせる。

「えっと……それは本気で言ってます？」

「わたくしが冗談を言う人間に見えますか？」

それについては、まったくとしか。だとすると、彩音は、いりすの――涼香の言動にまったく疑問を持っていないのだろうか。

「いやいやいや。だって三之宮のお嬢様でしょ⁉　いくら正体を隠しているからって、守るべき一線はあるでしょう⁉　そこはやっぱり彩音さ……鳴滝さんが注意しないと」

喋っているうちに熱くなってしまったが、自分は正論を言っているつもりだった。だから、彩音も同意してくれるものだと。だが、最初はきょとんとしていたメイドの表情が、次第に険しくなってくる。

「わたくしは、涼香お嬢様にお仕えする者です。ですから、お嬢様のなさることに疑問を差し挟む余地はありませんし、まして、あなたに意見されることはありません」

驚くより、呆気に取られた。彩音は、涼香に対して忠実すぎる。本当に涼香のことを大事に思っているのが、その表情から窺える。それはいい。だが彼女は、何が悪いのか本気で分かっていない。

「で、でもアイドルなんだし、言動には気をつけないとファン離れを起こすことも……」

「余計なお世話ですッ！　お帰りください。もう……お嬢様に近づかないで」

彩音は煩わしそうに言葉を遮り、それきり視線を合わせようとしなかった。ファンとして、友達として忠告できればと思っただけなのに、態度を余計に硬化させてしまった。

「で……でも、俺だって、いりすの……涼香さんの役に立つって、約束したんです！」

自分で、そう決めたのだ。だから、彩音には悪いが一歩も引くつもりはなかった。

(こうなったら、直接涼香さんに……)

もうすぐ撮影も終わるだろう。彩音は邪魔するかもしれないが、涼香に時間を取ってもらうことは可能なはず。しかし佑弥は、割と間の悪いところがある男なのだった。

「おおっ!?　雨宮いりすが撮影中って本当だったのか！　おおっ戸波!?　お前っ、見てたんなら何で俺も呼んでくれないんだよー！」

「お……桶山⁉」

やけに馴れ馴れしい奴がいると思ったら、恨めしそうな顔で駆け寄ってきたのは、自称親友の桶山。佑弥は頭を抱えた。彼がいては、いりすに近づくことができない。

「ご、ごめん。あーほら！　ちょうど撮影も終わったみたいだ！　残念だったなー。ひと足違いだったなー。もう行こう。お詫びに今日はおごるから、な！」

いりすへの忠告はいったん断念し、なおも見物しようとする桶山の背中を押して公園を離れる。チラッと振り向いた後方で、彩音が勝ち誇ったように「フッ」と唇を吊り上げていた。別に勝負をしていたわけでもないのに、なんだか惨敗した気分だ。

（くっそぉぉぉぉ……！）

心の中で激しく歯ぎしりをする。桶山さえ来なければ。見物を邪魔されぶーぶー文句を垂れているが、苦情を言いたいのはこっちの方だ。

「それで戸波。この埋め合わせを、何でしてくれるんだ？　コンビニやファストフードでお茶を濁そうっていったって、そうはいかないぞ」

「えーっと、それは……」

そんなものはあの場を離れる口実で、考えなど何もあるはずがない。そして、自称親友の桶山は、そんな佑弥を決して許してくれはしない。

大通りに出て、どこに行こうか迷っていると、背中をツンと小突かれた。振り向けば杖を持った和装の小柄な老人が、ニコニコと人のよさそうな笑みで立っている。

「君たち、もしかして雨宮いりすのファンかね？」

道でも尋ねられるものとばかり思っていた佑弥たちは、彼の口から想像できない人物名が出たことに、真ん丸な眼を見合わせた。

「あ、あの……どうしてそれを？」

「さっきの公園で君らの会話を聞いてしまってな。なかなか熱心なようで、つい嬉しくなってしまったよ」

老人は枯れた手でクイクイと桶山を招くと、数枚の紙切れを彼に渡した。

「こ……これは雨宮いりすの生写真っ‼　こ、これを私めに⁉」

「同好の士の証というやつだ。持っていきなさい」

すると現金な桶山は、ビシッと佑弥を指差して。

「今日はこれで勘弁してやる。このご老人にお礼を言うのだな！」

佑弥は何もしていないのだが、埋め合わせとやらはそれでいいのか。それより礼を言うのはお前だろうと、あれこれ突っ込む前に、彼はスキップで行ってしまった。

「えーっと……」

それはそれとして、自分にはくれないのだろうか。かといって、子供じゃあるまいし、指を咥《くわ》えて物欲しそうな顔をするわけにもいかない。会釈して別れようとした佑弥に、老人が背後から声をかけた。

「ありがとう。孫娘と仲良くやってくれ」

それが誰か、即座にはピンとこない。だが、はるか遠方で、まだ飛び上がって喜んでいる友人が手にした生写真は――。

「……あのっ！　あなたは、もしかして三之宮の……」

老人はシーっと口に人差し指を当て、ウインクまでしてみせた。この年齢でこの茶目っ気。間違いない。彼が、芸能事務所を「プレゼント」したという、涼香の祖父。

「ああ見えて、ワガママなところがある孫でな。何か苦労をかけさせてはいないかな？」

――お孫さんには、時と場所を選ばず射精を見せろとせがまれ困っています。

(なんて言えるわけないだろっ！)

それに、その件に関しては、佑弥だって別に困っているわけではない。頬を強張らせながらも、ぶんぶんと思いきり横に首を振る。

「い、いえ全然っ。とってもよくできたお孫さんで……！」

人生の大先輩相手にどこまでごまかせるだろうか。しかし彼は深く追求することなく、孫を褒められたことに「そうかそうか」と相好を崩した。

「だが……彩音には苦労しているようだな」

公園を振り返って苦笑い。そういえば、佑弥たちの話を立ち聞きしたと言っていた。彩音とのやり取りも聞いていたのかもしれない。

「……あれは、子供の頃から家で働いてくれている娘で、まあ、最初は孫の遊び相手だったんだが……狭い世界しか知らないせいか、妙に融通が利かないところがあってなぁ。もうちっとこう……人当たりがよくてもいいと思うんだがなぁ」

　腕を組み、首を傾け、彼も彩音には手を焼いている様子。しかし困っているというよりも、何とかしてやりたいと思っているのが、その表情から手に取るように分かる。

「まあ、そういうわけだから、そこは若いもん同士でよろしくな！」

「げほっ！　えええっ⁉　お、俺がですか⁉」

　いきなりバンバンと背中をはたかれ咳き込んだ。見ていたのなら、彩音との間が良好でないのは分かっただろう。しかし老人は、杖を使っている割には軽い足取りで、後方に控えていた白い高級車の、後部座席に乗り込んでしまった。しかも窓から顔を出し、

「ワシがいたこと、孫には内緒な？　ばれると怒られるんだ。孫の仕事くらい見せてくれてもいいのになぁ？　じゃっ、孫とメイドをよろしくな」

　などと勝手なことを並べ立て、呆気に取られる佑弥を置いて走り去ってしまった。

「そ、そんなぁ！」

　自分で言うことではないが、どこの馬の骨とも知れない少年に大事な孫たちを託すとは。器が大きいのか無責任なのか。呆気に取られた佑弥は、金縛りに遭ったようにその場から動けないでいた。

「……何か……騒がしいな？」

　ふと、風に乗って、言い争う声が聞こえた。いりすが撮影していた公園の方だ。念のためと思って戻った佑弥を待っていたのは、予想以上に悪い事態だった。

公園の駐車場で、十名ほどの学生と、彩音が揉めていたのだ。撮影スタッフは、撤収作業をしているか、遠巻きに見ているだけ。一体何があったのだろう。

「佑弥くん……佑弥くんっ！」

どこかから、涼香の声がした。出所を探してキョロキョロすると、駐車場の片隅で、マイクロバスの窓が細く開いている。そこから、いりすが顔を覗かせていたのだ。

「これって、何の騒ぎ？」

気の立っていそうな連中に、アイドルの存在を察知されるのはまずい。佑弥は彼女と眼を合わせないようにしてバスに寄り掛かり、窓にこっそり近づいた。

「それが……わたしが悪いの！　彩音さんは悪くないのに……！」

「誰の責任とか、そんなのはいいから、何があったか、それだけを教えて」

涼香も相当に焦っているようだ。彩音を心配するばかりで要領を得ない。今にも飛び出しそうな彼女を制し、深呼吸をさせる。すると、少しは落ち着いたらしい。

「……撮影を見ていた学生の男の子たちが、携帯でわたしを撮り始めたの。最初はスタッフさんたちが遠ざけてくれたんだけど、彩音さんが……」

言いづらそうに口籠もる。どうやら彩音が彼らを追い払おうとして、口汚く罵倒したらしい。そのせいで、いりすの悪口を言う者まで出て、こんな騒ぎになったらしい。

(涼香さんを守ろうとしたんだろうけど……)

いりすの言動に気をつけろとは言ったが、彩音が揉め事を起こすとまでは想像していなかった。それも、そんな話をした直後に。

「どうしよう。佑弥くん。やっぱり、わたしが出て……」

それが手っ取り早いかとも思ったが、悪口という部分が引っ掛かった。多分、彼らは雨宮いりすのファンというわけではなく、ただ撮影を見ていただけの野次馬だ。

「…………僕が何とかする。涼香さんは、何があっても出てきちゃダメだよ」

「え⁉　でも……」

涼香だけではない、無謀なことを口走った佑弥自身、動揺していた。というより、怖気づいていた。対応を間違えれば警察沙汰にもなりかねない。イメージが大事なアイドルにとって、それは大きなマイナスになる。

（……でも……たった今、お祖父さんに任されちゃったもんなぁ……）

もちろん、対応策なんて何もない。これもアイドルと友達になった者の責務、などという覚悟もできないまま、身震いしながら揉め事の中心へと足を進める。

「マナーを守らない馬鹿を、馬鹿と言って何が悪いのです！」

十人ほどの男子学生の向こうから、彩音の声がした。勢いの割に声が震えている。身体の大きな連中に囲まれて、さすがに虚勢を張っているのが分かる。

（言ってることは、間違ってないんだけどなぁ……）

こんなオープンな場所での仕事なのだから、多少の見物人は織り込み済みだろうに。

「まぁまぁ、どっちも落ち着いてくださいよ」

「何だよ、お前は⁉」

「と……戸波さん……⁉」

急に割って入った佑弥に、双方から不審の眼が向けられる。それはそうだろう。部外者の仲裁など不快なだけだ。学生たちはもちろん、かばっているはずの彩音の視線も、刺すように痛い。顔では笑ってみせても、誰も味方がいなくて泣きたい気分だ。

だが、人垣の向こうに見えたスタッフの呆れ顔に、恐怖心より焦りが生じた。こんな馬鹿げた騒ぎのせいで、いりすが芸能界から干される羽目になったら大変だ。

「えーっと……迷惑かけてすみません。この人、いりすのファンなんですけど、ちょっと熱狂的すぎるっていうか。ね、この格好見ればわかるでしょ？」

「な……失礼なっ！」

もちろん彩音はご立腹。眼を三角に吊り上げている。しかし、ここは黙ってもらうしかない。佑弥は彼女の頭をグッと掴むと、無理矢理に頭を下げさせた。

「何をするのです、あなたは……！」

「いいから黙って！」

低く鋭い佑弥の声に、彩音の肩が怯えたように小さく跳ねた。怒っていると思ってくれたら幸いだ。実際は、怖くて必死なだけ。そもそも見ず知らずの人と争うなんて、自分の人生において、まったく予定になかったことなのだから。

「どうしても許せないっていうなら……俺を一発ずつ殴ってくれてもいいですから」

何を馬鹿な。頭を上げようと抵抗する彩音の眼が、そう言っている。

(俺も馬鹿馬鹿しいと思ってるんだから、責めないでよ)

苦笑しながら腕に力を込め、メイドの抵抗を抑え込む。すると、二人の様子の異様さが彼らにも伝わったのだろうか。学生たちの間に戸惑いが広がっていった。

「い……いや、別にそこまでするつもりはないから」

よく見れば、彼らも怖い顔などしていない、普通の少年たち。彩音に頭ごなしに注意されて腹を立てていただけのようだ。頭を下げられ気が済んだのか、面白くなさそうに文句を言いながらも、何とか立ち去ってくれたのだった。

「ふー。……びっくりしましたね」

きっと、無意識に身体を強張らせていたのだろう。大きく安堵の溜め息を吐くと、全身からドッと疲れが溢れ出た。

「鳴滝さん、もう頭を上げても大丈夫ですよ。あぁっ、あの！　すみません、女性の髪をこんな……失礼な真似を……！」

拘束から解放されたというのに、彩音は頭を下げたまま。凝り固まったように、お辞儀の姿勢からピクリとも動こうとしない。

ぽたぽたっと、彼女の足元に、水滴が落ちた。

「鳴滝さ……うわっ⁉」

泣いていたのだ。唇を噛み締め、声を出すのを我慢して。それもついに我慢の限界がきたのか、ぺたんと地面にお尻をついて、わんわん大声で泣き出してしまう。

「ちょ……泣かないで……鳴滝さんっ」

マイクロバスの窓から、ピンクの髪が覗いていた。この号泣ぶりでは、しばらく動けないだろう。いりすに「任せろ」とジェスチャーで伝えると、彼女は〝いりす〟としてではなく、〝涼香〟として静かに会釈し、車で走り去った。

「さあ、行きましょう。こんなところで泣いてたらみっともないですよ?」

「みっともないのはあなたです！　どうして……どうして、あんな連中に頭を下げないといけないのです！　悪いのは向こうなのに！」

それはそうだ。しかし佑弥は静かに眼を閉じ、自分の心に確認するように言った。

「……いりすの、ためです」

「それなら、わたくしだって、いつもお嬢様のためを思って……！」

「彼女のためと思うことと、彼女のためになることが、同じとは限らないから……」

彩音の声が止まった。見上げた瞳が、分からないと言っている。もちろん佑弥にだって分からない。何が彼女のためになるのかなんて。ただ言えるのは、こんな騒ぎが誰の得にもならないことくらい。

しゃがみ込んで手を取ると、半べソの彩音は素直に立ち上がった。さっきまでの強気が嘘のように、拗ねたように唇を結んでいる。内股で手を繋いで、目尻に涙をたっぷり溜めて、まるで幼い子供が泣きべそを掻いた後だ。

「何が面白いんですかぁ……」

クスリと笑ったら、メイドさんの気に障ったらしい。ムッとして睨まれた。

「……あんな騒ぎを起こして……お嬢様に合わせる顔がありません……」

屋敷に戻るか尋ねると、彩音は力なくそう答えた。それならと、気持ちが落ち着くまで佑弥の家で休ませることにした。なんにせよ、メイド服の女性が公園で泣いていたら悪目立ちしすぎる。

「三之宮家に比べたら小さい家ですけど……両親とも深夜まで戻らないから、ゆっくりしていってください。何なら、晩メシも食べていきますか？」

黙りこくった彼女をリビングに通し、ソファに座らせる。しかし、キッチンで紅茶を淹れて戻った佑弥は、トレイを落としそうになった。

「な……何の真似ですか鳴滝さん!?」

ソファで彫像のようにエプロンを掴んでいた彩音が、絨毯に座り込んでいたのだ。額を床に擦りつけ、いわゆる土下座と呼ばれるポーズで。

「このたびは……涼香さまのご学友に、とんだご迷惑をおかけいたしました……」

声が震えている。自分より長身の女性の背中が、やけに小さい。

「やめてくださいよ。俺、そんなつもりで鳴滝さんを呼んだんじゃないです」

「戸波さまは……わたくしの眼を覚まさせてくれました。お嬢様のためと言いながら、独りよがりで……浅はかな考えを、看破なされたのです」

「だから、そんな大層なものじゃないんですって！」

しかし彼女はふるふると首を振り、涙を溜めた顔を上げた。謙虚になってくれるのはありがたいが、それにしても極端に振れすぎだ。

「教えてください戸波さま。真にお嬢様のお役に立つには、何をすればいいのかを！」

「教えるも何も。今日はちょっとやりすぎただけで……鳴滝さんは、いつだってお嬢様が最優先じゃないですか。それは、涼香さんもよく知っているはずです」

それでも彩音は納得しなかった。さっきの出来事が、よほどショックだったのだろう。こんなにしおらしく、不審者扱いだった佑弥に頭を下げるほど。きっと、誰かに責められるなんて、初めての経験だったのだ。

「聞けば、戸波さまはアイドルにお詳しいとのこと。芸能界の礼儀や常識を、ぜひともわたくしに伝授いただきたいのです。……お嬢様のためにも！」

「どこからそんな話を聞いたんですか！」

どうせ涼香に決まっているが、お詳しいはないだろう。それに佑弥がしているのは、芸能界云々の話ではない。

(……でも、あの爺さんが任せたっていうのは、こういう意味だったのかな)

普通の、人との接し方。そんなの、佑弥の方が教えて欲しいくらいだ。

「……はぁ、仕方ない。分かりましたけど……俺もそんなに詳しくはないから、一緒に勉強していくってことにしましょう。あ……でもその前に、その姿勢はやめて椅子に座ってください。でないと、今の話はなしです」

ちょっとした脅し文句に、彼女はあたふたとソファに登った。慌てて正座してしまい、すぐに飛び上がって座り直す。そんな有様でも瞬時にスカートやエプロンの乱れを直すのは、さすがプロのメイドさん。乱れているのは、むしろ佑弥の心中だった。

（ああもう……どうして俺がこんなに色々背負い込まなくちゃいけないんだよっ⁉）

完全に自分のキャパシティーを超えている。それでも嫌な気分にならないのは、彩音が完璧主義の仮面を外し、素顔を見せてくれたからだろうか。

佑弥も彼女の隣に腰をおろすと、腰と腰が触れて、彩音が身体を強張らせる。謝ろうとしたら、その前に彼女が手を握ってきた。

「わたくし……まだお礼をしていませんでした……」

「いいですよ。別にそんな…………ッ⁉」

柑橘《かんきつ》系のような、甘酸っぱい匂い。頬に柔らかい感触。それはそのまま横滑りして、唇を塞いできた。

「ン……！　ちょッ……鳴滝さんっ⁉」

「彩音……と、お呼びください、佑弥さま……」

自分の名前を呼べなんて、一時間前とはセリフが逆だ。彼女は、本当にあの彩音なのだろうか。しかし、小さく顔を覗かせたピンクの舌に唇をなぞられると、ゾクゾクする甘美な痺れで思考が鈍化した。眼を閉じ、彼女の背中に腕を回してしまう。

気持ちよくて、でも慣れたというには経験の少ない女性の唇。しかし、一人しか知らないそれとは微妙に違う感触で、我に返った。キスに浸りそうな佑弥の脳裏に、お嬢様の顔が閃光のように浮かび上がる。

「……！　ま、待って、俺は……」

肩を押し返そうとして、逆に思いきり抱きすくめられた。胸に当たる柔らかなふたつの弾力。涼香に勝るとも劣らない乳房をメイド服越しに感じ、体温と心拍数が上昇する。

「は……あ、ふぅあ……ッ！」

彩音のぷりっとした唇が、首筋に吸いついた。頸動脈を逆撫でし、ゾクゾク痺れる快感で思わず息を漏らしてしまう。

「……佑弥さまの気持ちは、存じています。ですが、お気になさらないでください。これは、わたくしからの一方的なお礼……。あくまでご主人様へのご奉仕、なのですから……」

佑弥のどんな気持ちを知って、いつ自分が彼女のご主人様になったのだろう。いくつもの疑問は、口腔に挿し込まれた舌に搦め捕られた。

（お気になさらずって言っても……俺……俺は涼香さんのことが……ああでも！）

ズルッと舌の表面を舐め上げられ、頭が芯から白濁する。涼香を裏切りたくない。なのに、彼女にはない貪るような激しさに抗えない。そんな迷いがキスに出たのか、彩音は佑弥の身体を掻き抱き、右に左にくねくねと顔を傾けて、深く深く舌を捻じ込んだ。

――じゅるっ、ちゅぱっ、じゅぷ、じゅるるるっ！

いきなり彩音が両頬を挟み、佑弥の唾液を啜り上げた。魂まで吸い取るかのような勢いに背筋や腰が快感に震える。さらに、彼女のものとブレンドされ、粘度を増したとろとろの唾液が口の中に戻された。

「おぁ……はぁぁぁ……！」

唾液の甘い匂いが口いっぱいに広がって、視界が酔ったように霞む。そのくせ股間は、痛いほどズキズキと脈打った。容積を増した肉棒が、制服のズボンの中で行き場を失い、痛い。それもキスの快感の前には些細なこと。互いに啄み、下唇を挟んで震わせ、唾液の交換を繰り返す。絡み合う舌で攪拌《かくはん》された粘液は白く泡立ち、顎に垂れ落ちたそれを、奪い合うように舐め合った。

「ん……ン、じゅっ……はぁ……彩音……さん……」

「佑弥、さま……ふぁふ……むぅぅふ、ちゅぅぅウッ！」

涼香とも交わしたことのない、唾液のぬめりと臭いにまみれた濃厚な口づけ。息苦しくなって離した唇の間に、どろっと泡立った粘液の橋が架かる。

(お……俺、どうして彩音さんとキス……してるんだっけ………うッ⁉)

思考が鈍って思い出せない。淫熱で潤んだ瞳で見詰め合っていると、股間に甘美な疼きが走った。さわさわと、優しい感触が這い回る。勃起の形を確かめるように、ズボンの上から揉みほぐす。想定外の大胆な手つきに、短い喘ぎが堪らず漏れる。

「あ、はぁ……ッ！　あ、彩音さんっ！　お、俺のこと、嫌い……だったんじゃ……」

するとと彼女は、佑弥の視線から逃れるようにソファから降り、脚の間に身を沈めた。ものの憂げに伏せた睫毛で股間を見詰め、両手の指で股間の膨らみを愛おしそうに撫で回す。

「……本当は、最初から分かっていたんです。あなたが、悪い人間でないことくらい。でも……許せなかった……」

グッと勃起を掴まれる。反射的に眉を顰めたが、ズボン越しなので痛くはない。それよりも、その手から怨念にも似た強い想いを感じ取って身を竦ませたのだ。

「ゆ、許せなかったって……車に勝手に乗り込んだこと？」

「そんなことではありません……」

彼女は、佑弥のベルトを外し始めた。ズボンの前が開かれ、窮屈な空間から解放される太勃起。佑弥の鼓動が、信じられないほどの速度で鳴り響いた。女性の眼に晒されるのは涼香で経験済みなのに、初めての時以上に息が詰まる。

それは、許せないという言葉と、そして、激しいキスの後とは思えない瞳の鋭さのせいかもしれない。殺気すら感じる彼女に、大事なところを握られるのが、怖い。

「失礼いたします……」

彩音はそう言って許しを得ると、トランクスごと、一気にズボンを引き下ろした。

「――‼」

自分でしたのに、出現したものに息を飲む。隠すもののなくなった股間の中心で屹立した肉ロケットが、バネ仕掛けのように揺れていたのだ。

「大きい……思っていた以上に……」

「そ……それって、俺のを想像したことがあるってこと？」

自分の失言に顔を赤らめ、眼を逸らす。しかし右手は肉幹をしっかり握り、さわさわと緩く撫で扱いた。

「あなたを嫌っていたのは……あなたが、わたくしからお嬢様を奪ったからです」

「奪った？　俺が⁉　そ、そんな……涼香さんにとっての俺なんて、お……ふぅぅっ、オモチャみたいなもので……だからっ、ほぉぉぅあっ！」

射精が面白くて遊んでいるだけ。奪ったなんて見当違いも甚だしい。しかし彩音は聞く耳を持たず、肉棒に顔を近づけ、うっとりするような熱い息を吹き掛けた。

「これが……このおちんちんが、お嬢様の心を奪ったのですね……」

「んなっ⁉　な……なな、なぜ、それを……！」

彼女の何気ない呟きで、ガクガクと口をわななかせる。キスの興奮がどこかに飛んでしまうほどの衝撃。狼狽する佑弥を、彩音は悪戯っぽい笑みで見上げた。

「ふふっ。あなたが思っている以上に、わたくしとお嬢様の繋がりは深いのです。全部聞いていますよ？　……お嬢様に、射精を見せてさしあげたことまで」

「そ……それは……ああっ、待って、そんな急に……おぁぁっ⁉」

突然彩音が、リズミカルに勃起を扱き出した。小指を立て、親指と人差し指で作った輪で敏感なカリの段差を刺激しながら。前触れもなく与えられた激しい手淫に、佑弥は思わず腰を浮かせた。

（涼香さんが……秘密を漏らしていたなんて……）

彩音が怒るのも無理はない。佑弥は、いわばお嬢様の手を汚した男なのだから。申し訳なさで閉じようとした脚の間に、彩音が身体を割り込ませた。腰を抱え込んで、復讐のように勃起を苛める。

「お嬢様は、ずっとわたくしの……わたくしだけのものだった！　それなのに、いきなり現れたあなたが、わたくしからお嬢様を奪った！」

「お……俺はクラスメイトだったし……い、いきなりってわけじゃ……ほぅあ！」

反論は許さない。そう言わんばかりに、肉棒を握る手に力を込める。ただでさえはちきれそうな膨張肉塊が、激しい手淫という甘美な拷問に歓喜の涎を垂れ流す。

「ぐぅぅあっ！　はっぐぅぅぅぅッ！」

「いいえ……分かってはいたのです。ずっと一緒にいたいなんて、わたくしのわがまま。それに、佑弥さまはお嬢様の秘密を守ってくださいました。……いえ、あのお嬢様が信頼を寄せたのです。それだけでも、あなたを避ける理由なんて、なくなっていたのに……」

そうかと思えば、彩音は裏筋を爪で逆撫でし、ピリピリ痺れる快感でペニスを悶えさせた。責めたり反省したり、情緒が不安定で忙しい。

「そ、そんな。涼香さんは誰にでも優しいですよ。俺だけ特別ってわけじゃ……」

「お人好しなだけで、三之宮の娘がつとまると思いますか？」

息も絶え絶えの佑弥を見上げた彼女の鋭い瞳に、寒気が走る。肉棒が跳ねる。確かに涼香は、ただのお人形ではいられない世界に生きているのかもしれない。お嬢様としても、アイドルとしても。

「ふふっ……心配いりません。お嬢様は、あなたが見た通りの優しいお方です。ただ、簡単には人に心を許さないだけ。それだけに、お嬢様の心を奪った、これが……」

「おあぁぁぁッ⁉」

睾丸を握られた。つぶれるかと思うほどの激痛に飛び上がる。ズルズルと姿勢が崩れ、佑弥はソファに仰向けになった。そして、見下ろした自分の下腹部に眼を丸くする。あれだけの痛みを与えられてなお、凶悪なまでにそそり立つ分身に。

「凄い……お嬢様から伺っていた以上に、硬くて……熱い……」

彩音の眼が、欲情の色に染まっていく。佑弥の感じるポイントを的確に責めてくる。

「彩音……さんっ。こ、こんなこと……今まで、経験……ふぅぅッぐ！」

「もちろん、初めてですわ。キスも……」

膝立ちで覆いかぶさり、舌を挿し込んできた。キスされながら勃起を扱かれ、重なった唇から歓喜の呻きが漏れる。

「でも……いざという時にお嬢様が困らないよう、それなりの知識は溜め込んでありますわ。ふふっ……さあ、佑弥さま……。どんなご奉仕がお望みですか？　どうぞ、わたくしに……このいやらしいメイドに、何なりとお申し付けくださいませ……」

伸ばした舌をチュッと啄み、髪を撫でながら微笑む彩音。どこまでも主思いの、本物のメイドさんによるメイドプレイに、佑弥は倒錯的に興奮した。快感が現実感を欠乏させ、理性よりも先に欲求が口を開かせる。

「唾……飲ませて……」

クスッと笑った彩音は頬を窄ませ、口の中をクチャクチャと鳴らした。かすかに開いた唇から、泡立った水滴が、キラキラ光る糸を引いて落ちてくる。卑猥な光景に見惚れていた佑弥は喘ぐように舌を伸ばし、その甘露を受け止めた。

「はぁぁぁ……お、おいしい……」

もっともっとと唇を突き出す。しかし彼女は人差し指でそれを押さえ、淫猥な笑みで鼻の頭に口づけた。

「こんなものでよろしいのですか？　わたくしにも、メイドとしてのプライドがあるのです。ふふっ……お嬢様に負けないご奉仕を、わたくしにお命じくださいな」

年上の女性の瞳が、妖しく光る。彼女の甘い唾液をゴクリと飲み込んだ。もちろん希望はある。だがそれをお願いしていいのだろうか。佑弥の逡巡を断ち切るように、真っ赤な舌が、ぽってりした唇を唾液で濡らした。

「な……舐めて……ください……」

それだけで、通じた。彩音は長い睫毛を伏せて承諾の意を表し、唇を、佑弥の股間に運んでいった。

「……失礼、します……」

挑発的な瞳がこちらを見ている。吐息が、勃起に近づいていく。先端に溜まった先触れ液の水滴が唇を濡らしたかと思うと、滑るように、亀頭が飲み込まれていった。

「はぁぁぁ……あぁぁぁぁ、あああぁッ……!!」

童貞少年には、それだけで衝撃的な光景。感動に胸が震えた。横顔を見せた女性が、自分のペニスを咥えている。勃起が彼女の口の中へ消えていく。

「ん……はふぅぅン、む……。じゅぶ………じゅる……じゅぱ、ちゅぱっ」

最初は息苦しそうに眉を顰めていた彩音だが、零れた唾液を啜るのを皮切りに、唇での抽送を開始した。左手は佑弥の腹に、右手は太腿に置いて、ポニーテールが跳ねる勢いで肉のシャフトを激しく扱く。

——ちゅば、ずぶっ、じゅぶぶぶ、ちゅぶるぅッ！

(あぁぁ……お、女の人が……舐めてる！　俺のを、こんな綺麗な人が……ほぉぅあ！)

憧れていたプレイなのに、気持ちいいのに、興奮しすぎて現実感がない。口腔の熱さで下半身が蕩けそうだ。

「ん……はぁ……気持ちよくなってくらふぁい……佑弥ひゃま……」

唾液でベタベタになった肉幹が吐き出され、押しつけられた舌がねっとりと裏筋を舐め上げる。カリ首の段差を隈なく掃除し、鈴口から溢れる粘液を、音を立てて啜る。

「ちゅぱッ、ちゅ……ちゅるっ！」

「あうッ……お、あ……ふぅぅ……ッく……はがッ……あぁぁぁっ！」

いくら気持ちよくても、男として情けない声は出せない。それなのに、メイドの気の向くままに弄ばれる勃起が悲鳴を上げる。コチコチに凝り固まった肉棒の芯から痺れる。我慢できない激しい疼きに身体が動く。セックスのように波打つ腰で、卑猥な唇に肉槍の穂先をガンガン撃ち込む。

「ふぁ……あむ、ちゅ、れろ」

「あうぅあっ……舌が……舌が、はッ……あぁうッ！」

背中が跳ねた。奥まで飲み込まれた肉の幹に、舌が絡みついたのだ。まるで蛇がとぐろを巻くような締めつけに、亀頭の先から涎が零れる。彼女の口に粘液を飲ませる。

「ふあ……おいひぃれふ……佑弥さまのおツユ……チュッ、じゅるぅぅぅぅっ！」

「おあぁぁッ……そ、それ……あ、がぁあぁっ！」

太りきった肉棒から粘液を絞り取るような激しい吸引に、背中が仰け反った。同時に腰の奥から何かが湧き上がる。肉棒の内側を昇ってくる。

「はぁぁあっ！　い……いく……いきます、彩音さん、出ます！」

「ふぁぁいぃぃ……イッてくらふぁい……出して……いっぱいらしてくらさぁい！」

ガンガンと唇に腰を打ちつける。絶頂の予感に頭の中がピンクに染まる。彩音も欲情に顔を染め、夢中でペニスを捻じ込む。しかし、頭の片隅に残った理性が警告を鳴らした。

（こ……このままじゃ、また顔に……）

女子トイレで精液をかぶり、ベタベタになった涼香の顔。やってはいけないと思いながらも、またあれが見たいと肉欲が囁く。だが、ふたつの心の葛藤をよそに、身体は射精に向かって走り出していた。唇が肉棒を扱く。肉棒が唇を犯しまくる。

──ぐっちゅ、ぐっちゅ、じゅっぱ、じゅるるるっ！

「おあッ！　おあぁぁぁ……出る……出ます！　彩音さん、出る！」

しかし彼女は唇を離さない。逆にスピードを上げて肉棒にとどめを刺す。肉棒の中を熱い塊が駆け上がる。

「出る……出ちゃうから離れて！　あぁぁ……ホントに出るから、出る出る……イクッ、おあぁぁぁぁッ、あぁぁぁぁッ!!」

──どぴゅ、びゅる、びゅるるるるるるるぅッ！

「むふぅッ!!」

背中が弓なりに仰け反った。彼女の喉奥まで勃起を突き入れ、射精快感に打ち震える。しかし、大量に発射されたはずの精液は、どこにも飛んでいかなかった。肉棒が温かい液体に包まれる。唇がキュッと締められ、亀頭をのせた舌が上下に動いて何かを嚥下《えんげ》する。

「んぐ……んぐ……む、んく…………こくん」

（の……飲んでる……俺のを、彩音さんが……！）

口中の粘液を全て飲み下した彩音は、肉棒を咥えたまま嬉しそうに眼を細めた。

第三章　お嬢様の仮面・アイドルの素顔

涼香からそのお誘いを受けたのは、昼休みの図書室だった。

校舎の端にあるその部屋は、もちろん本の貸し出し返却に来る人が大半なのだが、試験が近いせいか、最近は勉強している人が目立つ。ただ佑弥はそのいずれでもなく、定期購読しているアイドル雑誌でイベント情報などをチェックしていた。

「やっぱ、ギリギリにならないと勉強する気にならないなー」

温かい陽射しが眠気を誘う。冬休みが終わった時点で、すでにギリギリと言えなくもないのだが、追い詰められないと動かないのが佑弥の凡人たるところ。大欠伸《あくび》で机に突っ伏そうとした、その瞬間を狙ったように、ごすっと重い衝撃が脳天を直撃した。

「いってぇぇぇぇっ！」

一斉に集まる非難の視線。ズキズキする頭頂部を押さえながら、小さく頭を下げて謝罪する。叩いた犯人に腹を立てた佑弥だったが、その正体を見て眼を丸くした。

「ダメじゃない佑弥くん。みんなを見習って勉強しなさい」

「りょ、涼香さんっ⁉」

ニコニコと朗らかな笑みで立っていたのは、三之宮のお嬢様。右手には分厚いハードカバー。どうやら、あの本の角で小突かれたようだ。

「お勉強しないなら暇でしょ？　少し付き合ってもらえないかしら」

決して大きくはない彼女の声が、静かな図書館に十分すぎるほど行き渡った。勉強に集中していた空気が乱れる。三之宮涼香といえば、学園で知らぬ者のない大富豪のご令嬢。それが、図書室のマナーもわきまえないような平凡な男子生徒に声を。さっきの非難とは異質の、詮索するような視線が集中する。ただならぬ雰囲気に佑弥の神経も尖る。

「わ、分かった。ここじゃ何だから……」

背中に刺さる視線に耐えきれず立ち上がるが、動揺して雑誌を床に落としてしまう。

(りょ、涼香さんって……いつもこんな注目を浴びる生活をしてるのか……？)

だが並んで廊下を歩き出す彼女は、いつも通りの平然としたもの。むしろ、唇に軽く笑みさえ浮かべて、上機嫌のようにも見受けられる。お嬢様という生き物は、この程度では動じないものなのだろうか。

「ん、どうかした？」

「あ、いや……。用事って、何だろうって……」

横顔を見ていたら、涼香に見詰め返された。大きくて、宝石のように輝く瞳に映されるのが、何だか恥ずかしい。やはり自分は、他人に見られる生活には向いていないようだ。

「ちょっと他の人に聞かれたくないことだから……よかった、誰もいないみたい」

階段を昇り、屋上に出るドアから前屈みで顔だけ覗かせて、外の様子を窺う涼香。いきなり小振りな丸いお尻を突き出され、つい視線が引き寄せられてしまう。

「佑弥くん、こっち。早く」

そんな佑弥の無礼を知ってか知らずか、振り返った涼香が小さく手招きした。建前上は立ち入り禁止になっているが、鍵は掛かっていない。出入り自由な空間になっている。

(きょ……今日は、ここで「アレ」をするのかな……。こ、こんな開放的な場所で)

誰かに見つかったらどうするのだろう。お嬢様の気まぐれにも困ったものだ、という顔を作りつつ、彼女の後についていそいそと外に出る。

「えっと……。先日は、彩音さんがお世話になりました」

しかし、期待に胸躍らせていた佑弥に向けられたのは、お礼の言葉だった。軽い会釈なのに美しいその姿勢を前に、準備が整いつつあった下半身が恥ずかしい。

「……ああ、あの公園での……。いや、俺は何もして……」

謙遜しかけて言葉を詰まらせる。何もしていないどころか、欲情まみれの肉棒を、メイドさんの口に突っ込んだのだから。逆に、罪悪感で胸をチクチク刺される。

「それでね、今度、いりすが新曲のプロモーションビデオを撮ることになってるんだけど……お礼と言ってはなんだけど……見に、来る？」

「ＰＶって……いりすの？　本当に⁉」

栗色の髪を揺らし、ためらいがちな上目遣いで覗き込んでくる少女の無垢な瞳。そんな魅惑的なお誘いを、どうして断ることができるだろうか。選択の余地などない。この際、多少の罪悪感には引っ込んでいてもらう。

「行く！　絶っっ対に行きます！」

当日、彩音の運転する車で撮影現場に向かった。それ自体は普通のワゴンだが、外から見えないようにカーテンを閉めているため、薄暗い密室で女の子と密会しているような、妖しい気分になってしまう。それに、隣に座るお嬢様と、運転席のメイドさんに挟まれて、佑弥は肩身の狭い思いをしていた。

(涼香さんは……俺とのこと、彩音さんに喋っちゃったんだよな……)

いくら信頼するメイドさんでも、性の話を暴露されたら、男だって恥ずかしい。一体どこまでばらしたのだろう。女性同士で射精について語る光景が想像できない。

それに、佑弥には、もうひとつ懸念があった。

(彩音さんは……涼香さんにフェラのこと話したのか？)

彼女はただの奉仕だと言っていたが、してしまったのは事実。もし、知った上で涼香がいつもと変わらぬ態度を取っているのだとしたら。焼き餅も焼いてくれないのだとしたら。

「ごめんなさい、佑弥くん。これ、渡すのを忘れてたわ」

自業自得で苦悶する佑弥とは対照的に、遠足を楽しんでいるかのように微笑む涼香が、一枚の紐付きカードを差し出した。それは、見学者と書かれた身分証。これを首から下げていないと、部外者として現場から追い払われるというわけだ。

「えっと。それでね、スタッフさんには、佑弥くんのこと久しぶりに会った遠い親戚のお兄さん、てことで話を通してあるから。今日のって公式発表前のお仕事だから、ただの同級生だと無理そうだと思って」

そんな秘密の仕事に誘ってくれたなんて。直前までの苦悩が嘘のように、感動で胸を詰まらせる。

「……お嬢様、今のうちに練習されておいた方がいいのでは？」

「あ、そうか」

彩音の勧めに、いりすがシートベルトの動く範囲で佑弥と向かい合う。

「練習って……何を？」

「呼び方だよ。スタッフさんに、実は同級生だってばれないように」

そこまでする必要があるのだろうか。戸惑う佑弥をよそに、いりすがコホンと咳払いをした。膝に手を置き、ニッコリと小首を傾げる。

「えーっとね………お兄ちゃん♪」

くらっ。たったひと言、少女の唇から出たありふれた単語に、少年は昇天させられた。

舌足らずな甘ったるい声で、爪先から頭のてっぺんまで全身がこそばゆい。

「もっ！　もう一回！　もう一回言ってみて」

鼻息荒くリクエストすると、彼女は唇に指を当てて少し考え。

「うーん、じゃあねぇ………ね～、お兄ちゃあん」

わずかに上目遣いで、おねだりするように身体をくねらせた。これはもう親戚ではなく、兄貴に劣情を抱かせるイケナイ妹。感涙し、思わず小さなガッツポーズを取る。

「ももも、もう一回！　今度はね……」

「もぉー、何回やらせるのぉ！　はい、次は佑弥くんの番！」

ノリノリだったくせに顔が真っ赤だ。腰に手を当てこちらを指差すポーズは、立っていれば様になっただろうに、狭いシートの上ではイマイチ決まらない。

「そう言われても……『涼香さん』て呼ばなきゃいいだけでしょ？　それに、涼香さんがいりすを演じるみたいに別人になりきるなんて、俺には無理だよ」

自嘲気味に苦笑いし、ついでに涼香の演技力を称えてみる。しかし、彼女の表情は複雑だった。口元には笑みの形を残しながら、頬や瞳から力が抜けていく。

「……えっと……何か、気に障った？」

「あ、ううん、何でもない。とにかく同級生だってばれないようにしてよ？　わたしが怒られちゃうんだから」

人差し指を立て、お姉さんぶって注意するが、さっきまでのような元気はない。佑弥には、演技が空回りしているような痛々しさすら感じられた。

——が、さすがは曲がりなりにもプロのアイドル。撮影が始まると、いつもの〝雨宮いりす〟らしい、見事な弾けっぷりを見せた。

撮影現場は、廃校になった木造校舎の小学校。ディレクターや振付師と簡単に打ち合わせをすると、音楽に合わせて軽快に踊ったり、グラウンドを全力疾走したり、スカートを翻して鉄棒で逆上がりをしたり。さっきの沈んだ調子では仕事に影響するのではと懸念していたが、杞憂だったようだ。

「そういえば、いりすって制服衣装の割に、学園設定のＰＶって、初めてですよね？」

撮影の邪魔にならないように、カメラのはるか後方で見学。彼女の仕事ぶりに安心し、彩音と雑談する余裕も生まれてきた。

「さすが、よくご存じですね」

「それに、発売は春でしたよね。あの桜なんか、花どころか葉っぱもありませんよ？」

ふと浮かんだ佑弥の疑問に、彩音はエプロンのポケットからメモを取り出した。

「えーっと……打ち合わせでのお話では、花はＣＧで追加するそうです」

「ああ、今はそういう手段があるのか」

そうこうしているうちに、午前中の撮影は終わり、残りは昼食後ということになった。

「……て、彩音さん。何ですかこれは……」

「見ての通り、お弁当です」

平然と言ってのけるメイドさんだが、現場は騒然となっていた。なぜなら、彼女が用意した弁当が尋常でなかったからだ。キャンプ用の折りたたみテーブルに座ったいりすの前にでんと置かれたのは、金箔や螺鈿《らでん》も豪華な四段重ねの重箱が五つ。中身も高級食材てんこ盛りで、さすがは三之宮家だと、豪勢さばかりに眼を奪われる。

「いくら何でも、こんなに食べられないよぉ」

だが、いりすに困り顔をされ、彩音もやりすぎに気づいたようだ。

「申し訳ございませんっ！　久しぶりの遠出で、気合いを入れすぎてしまいました！」

地面に伏せて平謝り。驚いたことに、これで一人分のつもりだったらしい。反省したとはいえ、お嬢様のこととなると視野が狭くなるのは相変わらずのようだ。

「ま、まあ……スタッフにもお裾分けしたらどうですか？」

「まぁ……さすがは佑弥さま！　わたくしが見込んだだけのことはあります！」

ごく当たり前の提案に、彩音は神の啓示でも受けたかのように顔を輝かせた。佑弥の手を取り、ぶんぶん上下に振りたくる。普通に考えればそれしか選択肢はないだろうと思うのだが、お嬢様最優先の彼女には、こんなアイデアでも感激ものだったらしい。

「さあ、みなさん！　どうぞ召し上がってください！」

彩音が呼び掛けると同時に、撮影スタッフが高級料理へと蟻のように群がってきた。

「こりゃすごいな。君、いりすの親戚なんだろ？　彼女って何者なんだ？」

ローストビーフを頬張った男性が、佑弥にしつこく尋ねてきた。彼らにも正体が知られていないことに軽く驚くが、口を滑らせるわけにはいかない。適当にあしらっていると、食事もせずにモニターチェックをしていたディレクターが、いりすを呼ぶのが見えた。

「申し訳ないけど、このカット、午後から撮り直したいんだ」

トントンと、ディレクターがチェック用の小さな画面を指で叩く。佑弥も彼らの背後から覗いてみた。さっきの逆上がりのシーンだ。ただ、それの何が問題なのか、素人にはさっぱり分からない。しかし撮られていた本人は、さすがにピンときたようだ。

「あー、ばっちり映っちゃってますね。……パンツ」

（パンツ！）

思わず大声で復唱しそうになった口を、佑弥は必死に押さえ込んだ。言われてみれば、地面を蹴り上げた脚の間に白いものが。丸見えではないものの、そこばかり見るようなマニアなら即座に発見できるレベルだ。

「まあ、こっちで処理もできるんだが、ちょっとアングルも変えたいし、撮り直そう」

「了解しましたぁ」

いりすがニコッと敬礼する。その短いやり取りで、パンツ映像のお蔵入りが決定。これで他の男に彼女の下着が見られることはない。

（あれ？　でもそれって……俺も見られないってことじゃないか！）

それに気づいて、少しばかり後悔する。だが、ディレクターと話し合いを始めたいりすの真剣な横顔に、邪《よこしま》な思いを抱いた自分が情けなくなった。

それでも、繰り返し見られる映像の魅力は捨てがたい。撮影の合間にトイレに行った佑弥は、グラウンドに戻る道すがら、ふと独り言を漏らした。

「はぁ……でも、やっぱりもったいないよなぁ、パンチラ映像……」

「……映像がどうかした？」

「ぅわぁ!?」

耳元に吹きかけられた囁き声の温かさに、一メートル以上も飛び退いた。バクバクする心臓を押さえて振り向けば、いりすが無邪気な笑顔で立っている。目深《まぶか》に被ったキャップに、衣装の上から羽織った厚手のコート。まるっきり芸能人のお忍びの姿だが、アップにしたピンクの髪は隠しきれていない。

「ど、どうしたの。撮影は？」

「今日は終わり。ありがと。佑……お兄ちゃんがいてくれて、リラックスできたよ」

そんな大袈裟な。しかし、わずかでも役に立ったのなら、誘ってくれたお礼ができたのだと思うことにした。

「さ、お兄～ちゃん、ホテル行こっ！」

「……は？　ホ、ホテル？　ななな……何で!?」

少女に手を引かれて、声が裏返る。旅先とはいえ、ラブホテルに誘うとは大胆な、と思ったらそうではなかった。

「やだ、言ってなかった!?　撮影は明日までだから、今日はここに泊まりなの」

「泊まりって……聞いていないよ、そんなこと！」

佑弥は激しく動揺した。何の準備もしていないことよりも、女の子とのお泊まりに。

「どうしよう……彩音さんに言って、送ってもらう？」

「いえ、大丈夫です問題ありませんっ！」

こんな美味しいシチュエーションを逃す手はない。彼女のことになると考えるより先に口が動くのは困りものだが、ニッコリ微笑む彼女を見ると、今回はそれで正解のようだ。

「よかった。ちょっとワガママ言って、スタッフさんたちとは別のホテルにしてもらってるから、ゆっくりできるよ」

軽く握り合った手が、緊張で汗ばんだ。口調は無邪気だが、どうしたって、その意図を深読みせずにはいられない。

彼女に手を引かれ、ホテルにチェックイン。廃校がある場所にしては新しいが、この辺りは、映画やドラマのロケ地を誘致している地域とのこと。今は他に大きな撮影もないのか、フロント周辺にも人気はほとんどなく、秘密の旅行の雰囲気に緊張が高まる。

「はいこれ。お兄ちゃんの部屋のキーね」

だが、ポンと渡されたカードキーに、悲しい事実を知らされた。彼女とは部屋が別だという、当然の結果を。しかも、落胆する佑弥を尻目に、彼女は別のフロアで先にエレベーターを降りてしまう。閉まる扉の向こうで手を振る彼女が、妙に憎たらしかった。

「ふぅ……」

真新しいシングルの部屋で、佑弥は何度目かの溜め息を吐く。下着や洗面具はフロア内の自動販売機で買えるようなので問題ないが、それ以外にすることがない。

退屈さが、溜め息に別の意味を含ませ始めた。今日の撮影、見学中は、とにかく初めて見る光景に夢中だったが。

「アイドルも……仕事、なんだなぁ……」

ワンカットごとに振付師やディレクターと打ち合わせするいりすの顔は、まさにプロそのもの。いかに自分が華やかな部分しか見ていなかったかを思い知った。と同時に、大人の世界で働いている少女に、憧れよりも劣等感のようなモヤモヤが胸に生まれる。

「ああもう、涼香さんと比べたって仕方がないじゃないか！」

向こうはセレブ。スタートラインが違う。そう自分を納得させ、気分転換にテレビでも観ようとリモコンに手を伸ばしかけた時だった。

「お兄～ちゃん、開けて♪」

コンコンとドアがノックされた。涼やかな声に慌ててドアを開けると、コートを着たままのいりすがニコニコ笑って立っている。

「涼……いりすっ!?　男の部屋に来るなんて、誰かに見られたら大変じゃないか！」

佑弥は、廊下に人影がないか確認し、素早く彼女を招き入れた。

「佑弥くん、いりすの映像欲しがってたでしょ？　だから、写真くらい撮らせてあげようかなーと思って」

悪戯っぽい笑みで、後ろ手に隠していたデジカメを掲げる少女。突然のことに戸惑う佑弥を尻目に、コートを脱ぎ捨ててしまう。現れたのは、いつもの制服衣装。驚きでまじまじと見詰める少年にカメラを渡し、脚を組んでベッドに腰を下ろす。

「さ、どんなポーズがいい？　何でもリクエストに応えるよぉ～」

「そ……そんなこと、急に言われても……」

いきなり押し掛けられ、佑弥はカメラを持て余した。よりによって、プロへのコンプレックスを感じていたところに、こんなものを渡さなくても。

（でも写真は欲しいし……あああっ！）

向こうから転がり込んできたチャンスを前に、情けなくも苦悩する。いつまでも撮影を始めないことに焦れたのか、いりすは唇を尖らせ催促してきた。

「……勘違いしないでね？　撮らせてあげるんじゃないの。……いりすが、佑弥くんに撮って欲しいって、思ってるんだよ？」

それは、葛藤で身動きの取れなかった佑弥に、一筋の光明を与えた。これは、彼女が望んだこと。心変わりに都合のいい言い訳を得て、震える指をシャッターに掛ける。

——パシャッ！　眩しいフラッシュの中で、少女が微笑んだ。立って髪を掻き上げる。脚を開いてベッドに手を突き、お尻を突き出す。

「ふふっ……綺麗に……撮ってね？」

妖しく微笑み、いりすが上着に手を掛ける。シャッターを切るたび、身に着けているものを一枚ずつ剥いでいく。ベルトを外し、ネクタイを外し、ブラウスのボタンを開けて。

（こ、これじゃまるでストリップ……！　い、いいのか、これ……？）

彼女の大胆さに手が震える。ちゃんと撮れているか自信が持てない。いりすは、そんな佑弥に挑発的な笑みを浮かべ、ころんとベッドに転がった。すでに、ブレザーは床の上。

ブラウスのボタンも半分以上外され、鎖骨や深い胸の谷間が、開いた襟元から覗く。それだけでも生唾ものなのに。

（パッ！　………パパパ、パンツ⁉）

スカートがめくれ上がり、白い太腿の付け根に、小さなピンクの三角が。考えるより先に指がシャッターを押した。一度は諦めたスカートの下を、自分の手で写真に収める。

「……今、パンツ撮ったでしょ？」

「え⁉　い、いやそれは……あの、その……っ！」

こんなに狼狽しては、自白したも同然だ。だが、彼女は咎めなかった。それどころか焦らすように膝を立て、脚を開き、スカートを摘み上げながら下腹部を露わにしていく。

「あの……あの……ちょっと待って、それ……っ！」

「遠慮しないで。んふっ、欲しかったんでしょ？　いりすのパンチラ……」

小首を傾げ、小悪魔のように眼を細める。やはり聞かれていたのだ。だが興奮と狼狽で眼が回って答えられない。ピンクの可愛い下着を前に、身動きできずに固まる。

「だ……駄目だよ涼香さん……！　三之宮のお嬢様が、そんな……」

震える声に、下から見上げる涼香の眼が小悪魔のように細くなった。

「今のわたしは〝いりす〟だよ。それに……佑弥くんなら、平気、だから……」

彼女の声も震えている。余裕を見せながら、緊張しているのだろうか。だが、不思議なバイブレーションを持つ声は催眠術のように佑弥を操り、ふらふらとカメラを構えさせる。

「なーんてね！　ざーんねんっ。これは水着でしたーっ」

「――へ？」

聞き返すよりも早く、彼女は跳ねるように起き上がった。衣装を全部脱ぎ捨てる。反射的に眼を逸らし、しかし本能がそれを力ずくで引き戻すと、そこには、ピンクのビキニを着た美少女が、あはんうふんと身体をくねらせ、セクシーポーズを取って遊んでいる。

「スケベなお兄ちゃんには、ホントのパンチラなんか撮らせてあげませーん。……なんてね。実は、水着撮影もあったんだけど、予定していた温水プールが修理中で、急に中止になったの。でも、もったいないから見せてあげようと思って」

ピンクのブラに包まれたバストが、自慢げにぽよんと揺れる。急に緊張感が解け、安心半分、仕返し半分で、水着少女をベッドに押し倒した。

「こ……このぉ！　びっくりしただろ！」

「きゃあぁン、ごめんなさぁい！」

彼女も歓喜の悲鳴を上げる。熱っぽい視線で佑弥を見上げ、首に腕を絡めてくる。

「さあ……どうするの？　あなたを騙したいりすを、どんな風にお仕置きする？」

挑発的な笑みを浮かべる少女の眩しい肢体に、佑弥は生唾を飲み込んだ。

透き通るように白い肌。激しいダンスをこなす割に、細い脚。股間の皺も生々しい水着のパンツ。お尻から細いウエストにかけてのラインは、芸術的に美しい。そして何よりも、豊かな質量を誇るふたつの膨らみが、圧倒的な存在感で男の視線を釘づけにする。

身体をじっくり観察されて、羞恥が湧き上がってきたのだろうか。震える目蓋をそっと伏せた。身体を捩り、モジモジと内腿を擦り合わせる。

「あ……あんまり見ないで……」

胸の深い渓谷が、暖房でうっすらと汗ばんだ。憧れの少女が、あられもない姿で目の前に。それが水着だろうと下着だろうと関係ない。ほぼ裸の少女に興奮を抑えきれない。

「はぁ……はぁ……はぁぁっ！　い、いりす……ッ！」

「あんっ……そんな急に…………やぁぁぁん！」

欲情を持て余し、衝動に突き動かされ、彼女の胸に顔を埋めた。柔らかな圧迫感と火照った肌に、佑弥の身体も芯から熱くなる。

「はぁああ……あぁぁぁッ！」

グリグリと鼻先を谷間に捻じ込むと、甘い匂いが鼻孔に流れ込む。肌に浮いた汗の粒が唇に触れ、夢中になって啜り上げる。

「ひぃあぁン！　汗、吸っちゃ……ひっ……ふぁっ！」

いりすが、くすぐったそうに身体をくねらせた。無意識に身体を迫り上げ、のし掛かる牡から逃れようとする。少女の匂いに酔った佑弥は、そうはさせまいとして左腕を彼女の背中に回し、細い肩を抱え込んだ。グッと掴んだ肩紐が意外なほど呆気なく切れ、押し込められていた豊乳が、揺れながらブラのカップを弾き飛ばす。

「あ――‼」

さすがのいりすも顔が強張る。白い柔肉の頂上で、震えながら背伸びをする可憐な桃色蕾。佑弥は彼女の腹に跨《また》がったまま、呼吸するのも忘れて揺れる乳房を凝視した。まるで、小粒な苺をのせた特大マシュマロ。美味しそうな色彩と肉感が、牡の食欲を刺激する。

「…………………うわあっ！　ご、ごめ……はぁうっ！」

我に返って飛び退く佑弥の股間を、いりすの両手が掴んで引き止めた。甘美な疼きに声が裏返る。少女が、ドクドク脈打つ肉塊を引っ張り出す。袋を揉まれ、佑弥もうっとりと眼を閉じる。しかしいりすは、そんな少年を叱るように鼠径部をキュッと抓った。

「ちゃ……ちゃんと見て。佑弥くんには、恥ずかしいところ、いっぱい見せてもらったから……今度は、いりすが見せる番……」

「あ……うッ！　で、でも……」

恥ずかしいのだろう。小刻みに震える身体は乳房を揺らし、先端の桃色突起も怯えているかのようだ。見てはいけないと思いながら、その愛らしさから眼が離せない。

（お……おっぱい……いりすの、おっぱい……可愛い……）

あまりに美味しそうなご馳走を差し出され、佑弥は意識が遠のくような感覚に陥った。無意識に、胸にまとわりついていた水着を剥ぎ取った。誘い込まれるように、ピンクの蕾に口をつける。硬くて柔らかい不思議な感触を、思いきり吸い上げる。

「ちゅッ！　ちゅぅぅぅぅぅぅぅっ……チュッ！」

「ふぁぁあぁぁあぁあッ！　……やっ、まだ見るだけって……急に、ふぅぁあぅン！」

少女の非難など耳に入らない。むしろ、荒い吐息は少年の理性を狂わせるだけだった。切なげに身体を捩る彼女を力ずくで押さえ込み、もう一方の乳房も乱暴に揉みしだく。

「ン……むちゅ。はぁ……おっぱい……いりすのおっぱい、美味しい……んちゅっ」

だが、半端に取り出されたペニスがもどかしい。乳輪を吸いながら下半身を全て脱ぎ去ると、ギンギンに充血した勃起を彼女の太腿に擦りつけた。

「やん、それ……はぁっ……！」

きめ細かい肌にペニスが痺れる。佑弥は獣のような鼻息で乳房の汗を舐め取った。頬に当たる滑らかな乳房の肉感。舌で転がる乳首の弾力。初めての感触は少年を夢中にさせ、思わず乳首に歯を立てた。

「ま、待って佑弥くんっ！　それダメ……待っ……お願い、もっと優しく……痛ッ！」

鋭い悲鳴で我に返った。ベッドに身を投げ出したいりすが、苦しそうに息を荒らげる。汗ばんだふたつの白い乳房。佑弥が吸っていた左側だけが、真っ赤に充血している。思えば今までのプレイはほとんど受け身で、愛撫の加減などまったく分からなかったのだ。

「あ、あの……俺……」

「もう……いくらお仕置きでも、アイドルのおっぱいを乱暴に扱いすぎっ」

ムッとした彼女に、思いきり勃起を握られた。

「いてッ、いててて っ！　ごめん、ごめんて……いってててッ！」

「分かった？　女の子はもっとデリケートに扱わなきゃいけないのっ」

男のそこだってデリケートなのだが、激痛に反省を述べて、ようやく解放してくれた。彼女から降りてベッドの縁に座り、可哀想なムスコの状態を確かめる。

「あー……ごめん。やりすぎちゃった？」

いりすもベッドから降り、脚の間にちょこんと座り込んだ。萎《しお》れかかったペニスを両手で包み、いたわるように撫でる。

「あ、はぁ……」

一転して優しい愛撫に、ジンジンと熱かった痺れが引き、温かいお湯が注がれるような快感が下半身に広がった。心地よさに溜め息を吐く。十本のしなやかな指が蠢くように絡みついて、ペニスに力を与えていく。

「あは……元気になってきた。……あんっ、おツユも、こんなに……」

愛撫に、熱がこもってきた。ダラダラ溢れた先触れ液をローションのように塗りつけられ、肉棒が、まるで何かの生き物のように硬直した鎌首を持ち上げる。

「……あはぁ……。佑弥くんのおちんちん、硬ぁい……好きぃ……」

まるでペニスの淫熱が伝染したように、いりすの瞳がとろんと蕩けた。幼女のように呆けた笑みで見上げたかと思うと、腰に腕を回して抱きついてきた。

「はっ⁉　……あ……あぁぁぁ……！」

「んふ……。男の子って、こういうの好き、なんでしょ？」

股間が心地よい圧迫感に包まれる。いりすの柔らかな豊乳が硬直肉棒を挟んでいるのだ。

「だ、だめだよ、アイドルがこんな……こんなこと、どこで覚えて……はぁ……っ！」

「んふ、ナイショ。ね……気持ちいい……？」

一度は経験してみたいと思っていたパイズリ。それが、こんな美少女アイドルの姿をしたお嬢様の巨乳でなんて。快感もさることながら、ソフトボールのような乳肉から、亀頭だけが顔を出す卑猥なビジュアルに頭が痺れる。

──むにゅっ、ぐにゅる、くにゅる、ぐにゅっ。

両手で捏ねられる柔肉がペニスを翻弄する。佑弥のTシャツを捲り上げ、腹に口づけの雨を降らせる。それらは、特に強烈な刺激というわけではない。パイズリよりも、手で扱かれた方が分かりやすい快感をくれる。だが、そのもどかしさが逆に欲情を滾《たぎ》らせた。

「あぁぅ！　も……もっと、もっと……！」

我慢できない。佑弥は彼女の肩を掴むと、浮かせた腰を上下に動かした。

「きゃはぁ。おちんちんの先っぽが、いりすの顔めがけて……やらし……凄ぉい……」

佑弥は中腰でのし掛かり、いりすは膝立ちで佑弥の腰にぶら下がって、背中を仰け反らせながら胸とペニスを押しつけあった。狭い谷間で勃起を扱く。乳肉の間を往復させる。まるで、乳房が性器であるかのように。

「き、気持ちいい……りょ、涼香さんのおっぱい……っ！」

「涼香、じゃなくて……あッ、いりす、だよっ！　いりすって……呼んで！」

どちらも同じ少女なのに、なぜ呼び方にこだわるのだろうか。だが、初めてのパイズリ

で腰が蕩けそうな佑弥に、考える余裕などあるはずがない。

「いりす……いりすの、いいっ！　いりすのおっぱい気持ちいい！」

肩を掴んで腰を振る。無我夢中でアイドルの胸を犯す。汗ばんだ肌に裏筋を擦られ、腰の奥から何かが湧き上がる。

「あ……？　何で、こんな早く……い、いりす離れ……うあっ、あぉあぁっ！」

――どぶっ、びゅるる、ぶりゅうぅぅっ！

前触れもなく訪れた激しい射精感を堪えることは不可能だった。肉棒の疼きのままに放たれた精液は、また彼女を白濁色に染め上げる。乳房ばかりか、喘いでいた彼女の、大きく開いた口の中までべっとりと。突き出していた舌にも、濃厚な粘液が塗りたくられる。

「んぷぁあっ！」

まるで溺れた者が水面に頭を出したように、精液を溜め込んだ口が酸素を求めた。しかし、彼女は腰から離れない。それどころか、まだ射精を続ける勃起を、白濁液の沼と化した口腔内に飲み込んだ。ためらいなど微塵も見せず、根元まで一気に頬張る。

「おぉおっあ！」

予想外の行動と、粘液の海に包まれる快感に、佑弥の全身から力が抜けた。可憐な唇が、憧れのアイドルが、ペニスを咥え込んでいる。立て続けの刺激に萎える間も与えられず、股間が痛いほど充血するが、それよりもフェラチオの感激と衝撃で脚に力が入らない。膝が崩れ、二人はもつれるようにして床に転がった。

「あぁん！」

口から外れてしまったペニスを、いりすが慌てて頬張り直す。仰向けになった佑弥の上に乗り、お尻で顔を跨ぐようにして。

「おちんちん……おぃひ……んぶぁ、精液美味しいっ……んむぅ！」

何度も精液の臭いを嗅いでいるうちに、抵抗がなくなったのだろうか。彼女は初めてとは思えない激しさで男性器を貪った。唇を窄《すぼ》ませ尿道に残った精を吸い出し、肉幹に貼りついた粘液も舌で掃除するようにべろべろ舐め取る。

「おぉおっあ！　いりす、激しすぎ……いりす……いりすッ！」

無遠慮なフェラチオに背中が震える。目の前で小さなお尻が揺れていた。彼女が唯一身に着けていた、水着のパンツが可愛らしく左右に振られる。その股布から、光る雫が零れていた。何気なく指で掬い取れば、それはねっとりと粘る太い糸を引く。

（こ……これって……。いりすが、濡れて……⁉）

女の子が性的な興奮で「濡れる」という現象。それを目の当たりにし、ハンマーで頭を殴られたような衝撃を受けた。いりすが、アイドルが、お嬢様が、涼香が——。清純で、可憐で、そしてエッチな彼女が頭の中で乱れ飛び、佑弥は衝動的に水着の底をずらした。

（こ……これが、涼香さんの——！）

現れたのは、しどけなく口を開いた、女の子が持つもうひとつの唇。清純な彼女からは想像できない、いやらしいぬめりの亀裂。ぽってりした肉畝の内側では、繊細なピンクの肉襞が、淫液でテラテラ光る。もう堪らない。甘ったるい蜜の匂いで目眩を起こした佑弥は、無我夢中で濡れた花弁にむしゃぶりついた。

「……ふぁあぁあ⁉　ゆ、佑弥くん何を……そ、そこ……やぁぁぁ！」

フェラチオに夢中になっていたいりすは、見られていることに気づいていなかったらしい。反射的に逃れようとした少女の腰を引き寄せて、そのお尻の谷間に顔を埋める。絡みついてくる肉襞を割って舌を伸ばし、溢れる蜜を掬って喉を潤す。

「そ、そんなとこ舐めちゃ……ひぃぃッ⁉　ふぁぁぁ、あむッ！」

初めてのクンニに耐えきれず、彼女は再び勃起に吸いついた。互いに性器を口で舐め合い、無我夢中で粘液を啜る。

――ぴちゅぴちゃ、じゅるっ！　くちゅ、じゅぱっ、れろれろ、ちゅぱッ！

部屋に響く卑猥な粘着音。射精して間もないはずの勃起が、彼女の口腔の温かさと唾液のぬめりで早くも二度目の限界を迎える。

「い……いりすっ、俺もう……もうっ……！」

予告したのに、彼女は口を離さない。むしろ深く飲み込んで、鈴口を舌で刺激する。佑弥も、お返しの舌愛撫で淫裂を激しく責めた。いりすの細い腰が卑猥に波打つ。佑弥も速い抽送で、彼女の口を犯しまくる。

「んむぅぅッ！　ゆ、佑弥く……ふぁむあぁぁッ！」

彼女の爪が太腿に食い込んだ。それが電流のような快感となって全身を駆け巡り、ペニスにとどめを刺す。

「おおぅあっ！　イク、出る出る、いりす、出るッ……お、おぉおあぁぁッ！」

「いりすも、いりすもイッちゃ……イッちゃう、イクッ……ふぁあぁうぁぁあぁッ!!」

――どぶるッ、びゅるるる、びゅるるるぅぅぅぅッ！

腰が浮く。二回目でも衰えない勢いと量が、ペニスの内側を逆る。少女の口腔は、その全てを受け止めた。絶頂快感に全身を強張らせ、舌に吐き出される粘液にむせながら、それでもペニスを吸い込み、飲み下す。

「あふ……ふあぁ……あ、んむっ……はぁぁぁぁ……」

同時に絶頂を迎えた二人の身体から、一気に力が抜けていった。太腿を枕にしたいりすの頭から、ピンクのかつらが滑り落ちる。彼女の長い栗色の髪と、唇の端から垂れる精液の温かさを感じながら、佑弥は心地よいまどろみの中へと落ちていった。


あれは、何だったんだろうか。

ＰＶ撮影から戻った後、佑弥はそんなことばかりを考えていた。ホテルでは気持ちよくなることに一生懸命だったが、後で考えると、彼女の態度には不自然なものを感じる。

「どうして涼香さんは、あんなに〝いりす〟であることにこだわったんだろ」

単にアイドル姿で遊んでみたかっただけで、深い意味はないのかもしれない。だが、いきなりパイズリやフェラチオといった過激プレイに走った感じがするし、その前の撮影会にしても唐突感が拭えない。どうしても、心の隅に疑問が残る。

が、それはそれとして、いりす関連のイベントを外すことはできない。佑弥は、大型書店で催される、雨宮いりす写真集発売記念のサイン会に並んでいた。本人に頼めばただでくれるかもしれないが、やはり正当な手段で手に入れてこそ真っ当なファン。

「なのに……。くっそー、出遅れた！」

先着三百人ということだから書店が開く二時間も前に来たのに、渡された整理券は二百番台。すでにできていた大行列に、見込みの甘さを恨んだ。しかも、サイン会はトークショーも兼ねているため、最上階のイベントスペースへの移動は百人単位で行われている。つまり佑弥のグループは三番目、一番最後というわけだ。

自分の前に、いりすと握手をしたりサインを貰ったりする奴が二百人以上もいるのかと思うと、胸の奥がもやもやする。これが嫉妬というものだろうか。

「いやいや……いりすは俺だけのものじゃないんだから……」

それよりも、彼女と淫らな遊びをしていることを、この場のファンに謝るべき。そう考えたら、自分がここに並んでいることすら許されない気分になってくる。

数時間の忍耐の末、やっと佑弥たちのグループの番になった。待ちに待って入った会場は、テーブルの背後に出版社の看板が立ち、多数のお祝いのスタンド花が並んでいる。

(やっぱり、いりすは凄いな。……あのカーテンの向こうが控室かな？)

佑弥がいると知ったら驚くに違いない。その顔を想像して、前に並んだ大柄な男性の陰に身を潜める。ひとりでにやけつつ開始を待っていると、横を黒いスーツ姿の女性が通り過ぎた。イベントの関係者だろうと、特に気にもしなかったのに、なぜかその人物は数歩先から引き返し、佑弥の肩をぽんと叩いた。

（え、なに、俺？　――えええっ⁉　お、俺、何かしたっ⁉）

こんな時、たとえ身にやましいことがなくても、なぜかうろたえてしまうもの。だが本当に驚くのは、彼女の顔を見てからだった。

「りょ、涼香さ……っ⁉」

名前を叫びかけて口を塞ぐ。長髪をアップにまとめ、黒いスーツにハイヒール。これから〝いりす〟として本番のはずの涼香が、なぜＯＬ風の格好でファンの列の横をうろちょろしているのか。彼女は悪戯っ子のようにウインクすると、潜めた声で囁いた。

「んふ、どんなファンが来てるか興味あったから、ちょっと覗き見」

タイトスカートを摘んでみせる涼香は、最高に上機嫌。なのに、なぜか急に唇を尖らせて、不満そうに佑弥の耳をグイッと引っ張った。

「何でわざわざ並んでるの？　サインでも写真集でも、好きなだけあげるのに」

「イベント自体が楽しいんだよ。それに俺は、いりすのいちファンに過ぎないからね」

だから、そんな特別サービスはフェアじゃないし、必要ない。そう言うと、耳を摘んでいた指が、力なく下ろされた。

「……ファン……いちファン……そう……」

呟きながら、カーテンの向こうに消えてしまう。何か悪いことを言っただろうか。彼女の態度の急な変化に、さっきまでのワクワクから一転、不安に陥る。

「おっまたせー！　頑張って待ってたみんな、ありがとー！」

しかし、カーテンから現れたいりすは、さっきの複雑な表情をしたお嬢様とは別人のように声を弾ませた。アイドルの登場に、ファンが一斉に歓声を上げる。すでに二百人も相手をして彼女も疲れているだろうに、相変わらずのパワフルさで笑顔を振りまく。

サイン会の前に、トークショーがある。マイクを持った彼女は、用意されたテーブルには着かず、歩き回りながら、他の仕事や、出身地の「虹の国」について延々と語った。

「でね、いりすは虹の国ではお姫様だから、けっこういい暮らししてるの。ただねー、毎日いいもの食べるのも、結構飽きがくるんだよねー」

別に架空の国を持ち出さずとも、それは本当の話だろう。ただ、金持ちトークをしても嫌味にならないのは、彼女のとぼけた語り口のおかげだろうか。苦笑する佑弥の周囲でも大爆笑の連続。さすが、いりすのファンになるような者たちは、どんなデタラメな話でも笑える度量の持ち主ばかりのようだ。

(さっきは、機嫌を損ねたのかと思ったけど……大丈夫みたいだな)

そう思った矢先、トークの終盤、彼女はとんでもない話を始めた。

「それでぇ、実はここだけの話、いりすにだって彼氏くらいいるんだよ？　でぇ、いりすは結婚を前提にお付き合いしてるつもりなんだけどぉ、彼ったら、ぜーんぜん、そんな素振りを見せないの。みんなー、どう思う？」

突然愚痴を言い出した彼女に、佑弥は動揺を隠せない。

（これって……俺のこと⁉　それはない……はず。だって、結婚を前提にって言ってるじゃないか。でもそしたら……涼香さんには別に彼氏がいるってことなのか⁉）

もしそうなら完全にスキャンダル。ファンを減らす事態にもなりかねない。彩音との関係が後ろめたくて、深夜番組での発言を有耶無耶《うやむや》にしたのがいけなかった。しかし、ちゃんと忠告しておくべきだったと頭を抱える佑弥に比べ、周囲の反応は冷静だった。

「また設定が増えたなー。これは情報サイトを書き換えないと」

学生風の男が友人と笑い合う。どうやらこれも「設定上の彼氏」と解釈したらしい。

「ホントだよ！　みんな、他の人には内緒にしてね！」

必死な顔を作って訴えるが、本気にする者は誰もいない。ひとまずは胸を撫で下ろしたが、彼氏発言をするなんて、一体、どういうつもりだろう。佑弥は〝涼香〟の本意を確かめずにはいられなかった。

サイン会の終了後、佑弥は彼女の車で待ち伏せした。会場の書店には大きな駐車場がない。最寄りの地下駐車場を探したら、運よく例の黒塗り高級車を発見できた。ほどなく、お気に入りの濃紺ワンピースを着た涼香が、彩音を伴ってやってきた。

「……いちファンに過ぎない方が、何の用？」

涼香らしくない皮肉っぽい言い方に、やはり機嫌を損ねていたのだと軽くショックを受ける。それでアイドルとしては明るく振る舞っていたのだから、大したプロ根性だ。

「今は三之宮涼香さんでしょ？　クラスメイトに会うのに、遠慮はいらないと思うんだ」

佑弥の反論を許し、ますます不機嫌になる涼香。これ以上怒らせたら、本当に嫌われてしまう。怯みそうになりながら、それでも佑弥は彼女を問い質さずにいられなかった。

「さっきのトーク、あれ、よくないと思うんだ。アイドルに彼氏がいるだなんて、そんな嘘っていうか……誤解されるようなこと。みんな、いりすの設定だって理解してくれたからいいようなものの、もし本気にされたら、どうするつもりだったのかと……」

涼香が、あんぐりと口を開く。だが次の瞬間、キッと鋭い視線をぶつけてきた。彼女が見せたことのないストレートな怒りの感情に気圧され、思わず一歩下がってしまう。

「お嬢様、まずはお屋敷へ」

彩音が、とりなすように涼香の肩を抱く。拗ねたように伏せる睫毛に、きっと、ここに来るまでに、二人の間でも同じようなやり取りがあったのだと想像できた。

佑弥も車に乗り込み、再び三之宮の屋敷へ。車中の空気が重苦しい。そして以前のように、涼香の部屋へ通される。ただ前と違うのは、彩音が自主的に退室したことだろう。ご主人様に聞こえないように「お嬢様をお願いします」と佑弥に耳打ちして。その涼香は、佑弥を部屋に入れることに反対することもなく、無言で、大きな窓から外を見ている。

（き……気まずい……）

このまま沈黙しているわけにはいかない。かといって、彼女を怒らせた原因に心当たりがないので、どう話を切り出せばいいのか見当がつかない。

「わたし……このままでいいのかな……」

沈黙を破ったのは、思考の袋小路に入った佑弥ではなく、涼香の方だった。怒っているものと思っていた彼女の沈んだ声に、逆にこちらが言葉を失う。

「誰も……わたしの言うことなんて、信じてくれない……」

「……さっきの彼氏発言のこと？　あれって、雨宮いりすっていうキャラクターの設定でしょ？　信じるとか信じないとかの話じゃ……」

彼女の言わんとすることが分からない。戸惑うばかりの佑弥に、涼香が、ゆっくりと振り向いた。不機嫌な子供のように唇を曲げて、恨みのこもった眼で。

「佑弥くん、ひどい……」

慰めたつもりなのに、何がひどいのだろう。さっきから、話が全然繋がらず、整理が追いつかない。足りない頭をフルに回転して、ようやくそれらしい道筋を見出した。

「そ、それは……素人ごときがトークの内容に口出しするな……って意味？」

「何わけの分かんないこと言ってるのっ？　変なこと言ってごまかさないで！」

わけの分からないのはこちらの方だ。さすがの佑弥も、だんだん腹が立ってくる。しかし、違った。分かっていないのは、やはりこちらの方だったのだ。

「わたし、誤解させることなんて言ってないもんっ！　誤解でも設定でもないもん！　あなたは……佑弥くんは！　…………わたしの彼氏……じゃ、ないの……？」

弾かれるように駆け寄った涼香が、腕を掴んで苛立たしげに揺さぶった。うっすらと濡れた瞳に、情念の激しさに圧倒され、うまく言葉が出てこない。

「お、俺なんかが、彼氏になれるわけ……ないじゃないか。俺は、涼香さんの遊び相手に過ぎなくて……。だってそうだろ!?　俺と君とでは……み、身分が違うんだから……」

涼香の眼が、大きく見開かれる。佑弥は当然のことを言ったつもりなのに、彼女の唇がわなわなと震えだす。

「……何、それ……。それじゃ、わたしが佑弥くんをオモチャにして弄んでるみたいじゃないっ！　身分って、なに!?　佑弥くんは、わたしのこと好きじゃないの!?」

「好きだよ！　大好きに決まってるじゃないか!!」

しまったと口をつぐんだが、勢いで言わされた後では遅い。それでも、自分ごときが、お嬢様でアイドルの、涼香の恋人であっていいはずがないという思いが拭いきれない。

「……わたしの言うこと、信じてくれないの？」

答えられない不甲斐なさに唇を噛む、そんな佑弥の頬を、彼女の掌がそっと包んだ。眼の奥を覗き込むような、切なげな黒い瞳。そこに浮かぶ小さな涙の粒に、佑弥は衝撃を受けた。やっと気づいた。彼女が、公然と彼氏宣言した理由を。苛立ちの理由を。

「俺……俺は……」

「自覚なかったの？　……バカ。好きでもない人と、あんなエッチなこと、できないよ」

「本当に、君はそれで……………んむっ！」

この期に及んで聞き分けのない佑弥の口を、お嬢様はキスで塞いだ。反射的に、それに応えて軽く吸いつく。恋人と名乗ることに戸惑いが消えたわけではない。だが今は、彼女を悩ませる方が罪だと思った。

（……そんなの、ウソだ）

言い訳をする自分を嘲笑った。甘くて、蕩けそうに柔らかい唇。こんな気持ちのいいものを、誰にも渡したくない。ひとり占めしたくなったのだ。折れてしまいそうな肩と腰を抱き寄せて、唾液を飲ませるように舌を挿し込む。

「ふぁ……あんっ……そうよ、ン……わたしを、好きにして……あふんっ」

お嬢様の仰せのままに、口中を掻き回す。クチャクチャ、ジュルルと卑猥な音を立てて唾液を啜り、エッチで清楚な彼女の羞恥を煽る。

「はぅぅ……や、やらしい音ぉ……はうッ！　あ……あ……はぁぁぁ～……」

まるで軽く達してしまったように、涼香の膝がカクンと崩れた。佑弥の身体に沿ってズルズルと滑り落ちる。しかし、その程度で満足するようなお嬢様ではない。辛うじて腰に抱きつくと、股間に鼻先を擦りつけ、呆けた笑みで舌舐めずりした。

「ふ……あ……、佑弥くんのココ、エッチぃ臭いするぅ……」

欲情に蕩けた顔には、知性のかけらも窺えない。仔犬のようにじゃれついてファスナーを咥え引き下ろす。弾け出た肉竿に瞳を輝かせると、断りもなくパクリと頬張った。

「おはッ……はあぁぁ……！」

温かい。もう慣れたはずの少女の口腔。なのに、あまりの心地よさに溜め息が漏れる。温泉のようにぬくい唾液のぬかるみの中、ぬめる舌が、力強く肉勃起に絡みつく。

「涼香、さん……もっと、奥まで……ああ、そう……先っぽも……ほぉぉおぁっ！」

ステージではファンのために歌う唇が、牡の肉欲の塊を美味しそうに咥えている。亀頭へのキスに夢中になる。佑弥は、腰骨が溶けそうな快感と感激に、彼女の髪を掻き乱す。

「……んぱぁ……チュッ。んふ、おちんちん、美味し……。あはぁ……佑弥くんのコチコチおちんちん、しゅきぃ……ちゅぱ、ちゅ、んじゅるっ！」

嬉々としてフェラチオに興じる涼香。熱心な唇奉仕に、どうしても甘えたくなる。だが今日は、彼女を泣かせてしまった分、自分が気持ちよくしてあげなければ。

「涼香さん……ッ！」

「え……あ、きゃあっ!?」

断腸の思いでペニスを引き抜き、彼女の身体を抱き上げた。想像以上に軽い肢体を広々としたベッドに運び、うつ伏せにしてワンピースを剥がしにかかる。

「やぁん、待って! もっとおちんちん舐めたい……ひゃあぁん!」

抵抗する彼女にのし掛かり、強引にファスナーを引き下ろした。V字に開いたワンピースから現れた背中の白さに、生々しい背筋のラインに息を飲む。強張る肩甲骨を横断するのは、純白のブラジャー。今度は水着ではない、正真正銘の女性の下着。涼香もやっぱり普通の女の子なのだと思うと、胸を掻き毟りたくなるほど心を乱される。

「あ、あれ……あれ？」

だが男に縁のないそれは、予想以上の難物だった。繊細な構造のそれは、少しでも乱暴にしたら簡単に壊れそうで、手が震える。悪戦苦闘の末、プチンとホックが外れた時は全身汗だく。しかし達成感に浸る余裕はない。緩んだカップから垣間見えた乳房の膨らみに血が昇り、ブラの下へ反射的に両手を挿し込んだ。

「あ……ッ！」

掠れるような小さな悲鳴に、女の子は繊細に扱えという忠告が甦った。できるだけ優しく乳房を包む。だが、指が食い込むような柔らかさと、ずっしりとした重量感、そして掌に感じる乳首のしこりが、理性の我慢を呆気なく吹き飛ばした。

「や、やぁんっ！　……強い……や、優しくって言って……ひふぁっ！」

鷲掴みで乳房を揉まれ、涼香の声が切なげに裏返る。身じろぎするたびワンピースがずり落ち、肩がはだけた。ブラの肩紐も二の腕に落ち、新雪のように白く輝く乳房も露わになる。美しすぎて触るのがためらわれるほどなのに、逆に目茶苦茶に揉みしだきたい劣情が身体の奥に湧き上がる。

「凄い……エッチなおっぱいだな。ほら、乳首だって、こんなに硬くして……」

くねる身体を背中から抱き締め、真っ赤な耳朶を噛むように囁き掛ける。捏ねるほどに硬くなる乳蕾を指で転がし、つきたての餅のように変形する柔乳肉を、思う存分揉みしだき、少女に恥じらいの喘ぎを上げさせる。

「やぁ……！　そ、そんなこと言っちゃ、ダメ……なのぉっ！」

涼香は乳愛撫に身悶えして身を起こすと、正座を崩したようにペッタリとお尻をついた。

だがそこから反撃に出る。彼女は半裸の上体を捻じり、剥き出しの股間に手を伸ばした。

「こ、こんなにおちんちん硬くしてる人に、エッチなんて言われたくなぁい」

「あっ、あうっ！」

ビクビクと痙攣するほど張り詰めた勃起を握り締められ、思わず彼女の背中にしがみつく。涼香は欲情の笑みを浮かべると、仕返しとばかりに容赦なく激しく扱き出した。

「お……あっ、あぐッ！」

肉幹を扱きながら亀頭を弄ぶ少女の指に、根元付近が激しく疼く。ガマン汁が鈴口から溢れるたびに、射精のような快感が腰を蕩かす。ついには涎のように太い糸を引いて、彼女の太腿に透明な水溜まりを作った。

――しゅっ、しゅっ、しゅこしゅこっ。

(だ……駄目だ……このままじゃ、また射精させられる……うッ！)

毎回快感を与えられてばかりでは男のプライドにかかわる。佑弥は後ろ髪を引かれる思いで彼女の指をペニスから引き剥がし、ベッドの上に組み伏せた。

「今度は、涼香さんが気持ちよくなる番だよ……」

「や……あんっ！」

仰向けに放り出された勢いで、涼香のお尻が宙に浮く。自分でも驚くほどの正確さでその隙を狙い、下着のゴムに手を掛け一気に足首から抜き去った。

「きゃあぁぁッ⁉　ま、待って恥ずかし……ダメっ、やあぁぁン！」

ジタバタする太腿を持ち上げ股間に顔を寄せる。彼女が暴れてくれたおかげで、スカートは腹まで捲れ上がり、下腹部は、覆い隠すもののない剥き出し状態になっていた。

「あぁ……凄い……。やっぱり、綺麗だ……」

頬を太腿に挟まれながら、佑弥は感嘆の溜め息を漏らす。肉づきの薄い下腹の丘。緊張に震える脚の付け根。それらの中心では、柔らかな若草が、お嬢様にあるまじき密度で、黒々と生え揃っていた。その下から漂う甘い匂いが、心地よく鼻孔をくすぐる。

「そ……そんなにじっくり……見ないで……や、あ……」

抵抗にも疲れたか、涼香が息も絶え絶えに懇願する。だが、そんなお願いを聞き届けるわけにはいかなかった。他ならぬ彼女の、ぱっくり淫らに口を開いた陰唇が、少年の眼を捕らえて離さない。前にも一度拝見したものの、興奮しすぎてよく観察できなかったお嬢様の秘密の花園。今度は、しっかりと目に焼きつける。

見ているだけなのに、恥ずかしそうに陰唇が蠢き、内側に溜まっていた蜜をとろっと零した。反射的に舌を伸ばし、濃密な匂いのそれを受け止める。たったひと口で頭が真っ白になった佑弥は、もっと蜜を飲みたくて、貪るような勢いで恥裂に口づけた。

「きゃあぁあぁうッ⁉　はひっ、ひぃぃぃぃぃぃッ！」

涼香のお尻が浮き上がった。暴れる腰を押さえつけ、唇で陰唇を開き、襞に溜まった愛蜜を舌で掻き出す。お尻の谷間にまで垂れ落ちた雫を逆撫でするように舐め上げると、大股開きになっていた太腿が佑弥の顔を万力のように挟み込んだ。

「いひィッ!? らめっ……おぉぉぉお願いらから、優しく、ッ……くィィひィあぁッ!!」

舌にねっとり絡みつく、塩臭くも甘い不思議な味。しかし、少しも不快ではない。むしろ、もっと舐めたくなって淫裂を指で開く。鮮やかなピンクの粘膜が卑猥に輝き、その先端に、木の芽のようなものがチョコンと顔を出していた。何気なく舌先で突く。すると、それまでとは比べ物にならない反応で涼香の背中が跳ね上がった。

「きッひィィあァアアッ!? そ、そこダメッ、クク、クリちゃん、らめぇぇぇッ!!」

(そ、そっか。これが、クリトリス……)

性感の塊である器官は、やはり涼香にとっても弱点らしい。興奮でろくに働かない頭で前に読んだエロ本を思い出し、刺激しすぎないよう、レロレロと舌先で掃く。

「きひィィあぁぁッ! ほ、ほんとに、らめなのっ、イッちゃうっ! それイッちゃう! ほぉぉンとに、ほぉぉはぉふぁあぁぁッ!」

お嬢様のかつてない乱れ方に、佑弥は昂るよりも感動した。愛撫に合わせて踊る腰が面白く、敏感な快感器官であることを忘れ、思わず前歯で甘噛みする。

「いッ!? ひィイイッ! いぃぃぃイク、ひく、イッちゃう、ヒィックぅぅぅぅッ!!」

——ぷしゃあぁぁぁっ!

「んぷぁ⁉」

涼香の背中が半円を描いたかと思うと、顔に恥液のシャワーを浴びせられた。淫核の刺激を感じすぎ、潮を吹いてしまったのだ。

「ふぁ……ふにゅあぁぁぁぁ……」

それまでの暴れっぷりが嘘のように、ふにゃふにゃに脱力した少女がベッドに沈む。その姿はひどいもの。高価なワンピースはお腹のところでぐちゃぐちゃ。肩も胸もはだけて、ブラジャーの肩紐だけが二の腕に辛うじて絡みつく。濡れた恥毛の股間はだらしなく緩み、まるで陵辱後の凄惨な現場だ。

「はぁ……ふ、はぁぁぁぁ……ンふぅ……ふは、はぁ、はぁ……」

長い髪をシーツの上で扇状に開き、顔中に汗を浮かべて酸素を貪る涼香。彼女をいたわるように、潮と愛液でベトベトになった内腿を舌で綺麗に拭う。そんな佑弥の髪を、細い指が撫でる。それ以上にか細い声が、震えながら呼び掛けた。

「来て……佑弥、くん……。わたしの、一番大事なもの……奪って……」

誘うように、顎に指が掛けられる。彼女の瞳が、何かを訴え細められる。その意味を悟り、しかし佑弥は腰が引けるのを感じた。普通の少女相手でも、きっと自分は怖気づく。

(それに……彼女はお嬢様で……アイドルで……。でも……でも……！)

彼女の立場の重みと、彼女を欲しいと思う気持ちと。恋人として、全てを背負う覚悟が定まらず、つい視線を逸らしてしまう。

「……大丈夫だよ。ちゃんと恋人らしいこと……最後まで、しよ？」

そんな、臆病な少年に、微笑む少女が手を伸ばす。顔も身体も汗まみれで、瞳を欲情で染める、愛らしくも「普通にエッチ」な女の子が。

（そうだ……。俺はもう涼香さんを泣かせない。俺は……彼女が好きなんだ！）

後のことは後で考えればいい。佑弥は自分を奮い立たせた。股間の分身も、彼女を求めて武者震いする。欲望に痙攣する肉棒を握り締め、横たわる彼女の上にのし掛かる。涼香も、首を伸ばしてキスをしてきた。その唇が、佑弥の迷いを完全に吹き飛ばす。握った勃起を、彼女のぬめる恥裂へ押し当てる。そこへ、細い指が絡みついた。

「来て……」

長い睫毛の眼が閉じられ、代わりに細い脚が開く。一本の肉槍を二人で握り締め、お嬢様の処女地に突き入れる。

「あ……はぁぁぁ……」

亀頭の先端がぬかるみに沈んだ。たったそれだけの接触で、溶けてしまいそうな快感が全身を覆い尽くす。脳髄が痺れ、緩んだ口元から、だらしない呻きが漏れる。牡としての本能が、さらなる悦楽を求めて自然に腰を突き出した。

「――ンッ！　……んんっ……んむっう……っくッきゅぅぅン！」

だが愉悦に酔う佑弥とは反対に、涼香の表情が苦痛に歪む。あれだけ舐めて、潮まで吹いて緩んだと思っていたのに、処女口は、そう易々と異物を受け入れてはくれなかった。

「ち、力を抜いて、涼香さん……！　息を吐いて……」

「で……でも……はぅっ……ふぅ……ふぅ……ンッ！」

まだ亀頭の半分も入っていない。でも強引に突き進んで、彼女の「初めて」を辛いものにしたくない。しかし、経験も知識も乏しい童貞少年にできることなど限られていた。

「涼香さん……涼香さんっ！」

「佑弥く……佑弥くんっ！　……ふぁ、あむ、んンむっ！」

進退窮《きわ》まり、救いを求めるように涼香の唇を貪った。たっぷりの唾液を少女の口に流し込み、泡立つほどに舌でグチュグチュ掻き混ぜる。涼香も首にしがみつき、喘ぎながらキスに応えた。互いの口がベタベタになるほど舌を絡ませていると、いつの間にか彼女の股間は大洪水。油でもぶち撒けたのかと思うほど濃厚な蜜が、勃起に絡みついていた。

（今だ——！）

息を止め、ぶつけるように腰を押し出す。ずぶずぶと、底なし沼のようなぬめりの中へ沈んでいく熱勃起。途中で強烈な押し返しに遭ったが、それが処女膜と気づく余裕すらなく、一気に根元まで押し込んだ。

「んぐーッ!!」

破瓜《はか》の悲鳴はキスで吸い込む。しかし、佑弥も息を詰まらせていた。あまりにも強烈な処女肉の締めつけに。初めて味わう膣肉の温かさに。手淫やフェラチオとはまるで違う、ましてやオナニーなどとは別次元の幸福感。一時もじっとしてはいられない。勃起を抱き締める媚肉を、目茶苦茶に突き回したい衝動に駆られる。

「い……いいよ、動いても……」

まるで、佑弥の心を読んだように。涼香がにっこりと微笑みかけてきた。だが唇は小刻みに震え、我慢しているのがありありと分かる。

「でも……辛いでしょ？　俺は、こうしてるだけで、気持ちいいから……」

実際、今にも射精してしまいそうだ。目尻に大粒の涙を浮かべる少女に、これ以上の苦痛は与えられない。それなのに彼女は佑弥の首に抱きつくと、抽送をねだるように自ら腰をくねらせた。狭隘《きょうあい》な濡れ恥肉に裏筋を舐められ、佑弥の身体も動いてしまう。

「りょ、うかさん……！　ダメだよ無理しちゃ……うッ……お、あッ！」

「ううん……不思議。……あなたの腕の中にいると……何だか、とっても落ち着くの。痛いのに、とっても気持ちよくて……痛いのを、忘れてしまいそう……」

まるで本当に痛みなどないかのように、彼女の腰が下からズンズン突き上げてきた。フェラチオのように吸いつく陰唇が気持ちよく、肉棒が勝手に動き出す。持ち主の意思とは無関係に処女肉を犯す。

「あ……あぁ、ごめん涼香さんッ！　俺……俺ぇっ！」

腰が止まらない。止められない。恋人をいたわる余裕もなく、快感を求めてデタラメに淫裂を掻き回す。カリ首が膣襞に引っ掛かって頭が痺れる。輪ゴムのような膣口の締めつけに、先触れ液が絞り出される。

「あんっ、いい……わたしも、いいよ佑弥くん……ふぁぁぁ……いい、いいのっ！」

　処女を失ったばかりで感じるはずがない。しかし涼香は頬を桜色に染め、歓喜で緩んだ上下の唇で、佑弥の口とペニスに吸いつくようなキスをしてくる。

「はぁ……俺も嬉しいよ……。りょ、涼香さんがっ、こんな、に……エッチで……！」

「そ、そうなの……こ、こんなエッチなわたし見せるの……ふぁっ、佑弥くんだけ……」

　彼女を称賛するように、快感に酔って膣肉の中を往復する。だが涼香は、佑弥の首に抱きついて喘いでいるのに、その表情には困惑を浮かべていた。

「佑弥くん……見て、本当のわたし……涼香でも……あっ！　いりすでもない……本当のわたし……きゅあッ全部、佑弥くんに……佑弥くんだから……くぅぅはぁぁン！」

　快感に溺れるような激しい腰使いに、逆に不安を覚えながらも、その想いは身体を通して佑弥に伝わってきた。

（ほ、本当の涼香さん……お嬢様でも、アイドルでもない、本当の……）

　お嬢様という重圧から解放されるはずだった、アイドルという仮面。しかし、正体を隠し続けることにも、どこかで息苦しさを感じていたのかもしれない。だからせめて佑弥だけには、エッチな涼香も、エッチないりすも、両方見て欲しいと思ったのだろう。ＰＶ撮影の時、呼び方にこだわってあくまでいりすとして振る舞ったのもそのせいか。

　そして今はその両方、本当の自分を見て欲しいと言っている。全部を見せてくれる。

「見てるよ……涼香さんのエッチなところも、可愛いところも……全部……！」

恋人の切ない独白に胸が締めつけられる。彼女の苦悩に無理解だった自分を責め、そして懺悔《ざんげ》のつもりで、無我夢中で腰を振った。

「あぁぁ……で、でも……やぁぁぁ、恥ずかし……ふぁ……ゆ、佑弥、くぅん……！」

何かに堪えきれなくなった彼女の両手が、佑弥の頭をガッと掴む。鼻の頭がひしゃげるほどの激しいキスを貪り、快感に震えながら唾液の糸を引いて仰け反った。

「あぁ見て！　本当のわたしを……エッチなことが大好きなわたしを、全部、見て！」

その途端、単調だった涼香の腰が大きく波打った。上下運動に加えて臼《うす》をひくように円を描き、処女とは思えない大胆さで股間に咥え込んだ肉棒を扱く。

「おあっ!?　はぉあぁッ！　な、何だこれ凄……。そ、そんなしたら、俺……！」

ただでさえ、初めての挿入にこれだけ耐えているのが奇跡。だがそれも限界。濡れる肉襞に根元を舐められ、絶頂感が身体の奥でグツグツ沸き立つ。

「あはぁッ！　しゅ、しゅごぉぉいッ！　感じちゃう！　ステージにいる時より、いっぱい、いっぱい、しゅごほぉいよぉッ！」

観客の前で歌っている時より興奮している。彼女が感じている。その自信と感激でペニスの抑制が利かなくなる。肉欲の解放に向かって、処女肉を夢中で掻き回す。

「あぐぁっ！　も、もう……ダメだ！　で、出る……涼香さん、俺……もう……もう！」

「いいよ、出して！　佑弥くんの精液、わたしのお腹にいっぱい、いっぱい飲ませて！」

ガクンと涼香の腰が跳ねた。思いきり裏筋を舐め上げられ、忍耐の堰が切れる。

――どびゅるうっ！　びゅるびゅる、どくぅっ！

多量で濃厚な射精液が、胎内に飲み込まれていく。激しすぎる絶頂感に、眼も口も開いて少女に抱きつく。涼香も身体を仰け反らせ、両手両脚で佑弥に抱きついた。

「ひぃあぁぁぁン！　出てるぅ！　佑弥くんの精液、お腹に……お腹、お腹ァ！　あひ、ひぃぃあぁ！　わらひも、わらひもイク、イッちゃ……はぁぁぁあぁぁぁッ！」

気を失いそうな絶頂快感。何度も何度も繰り返される膣内射精に、二人で全身を痙攣させる。それが治まるのも待ちきれず、夢中になってキスを貪る。

「可愛いよ、涼香さん……。だから、もっとエッチなところ、見せて欲しいな……」

「やぁ……言わないでぇぇ……」

おねだりすると、彼女は真っ赤に染めた顔を佑弥の胸に擦りつけた。快感の中で告白したことが、今頃になって恥ずかしくなったようだ。

「俺は恋人なんでしょ？　だから……見せて」

射精直後にもかかわらず硬度を失わない勃起を、膣で往復させておねだりする。

「ふぁ!?　ひゅぁぁ！　そ、そうだよね……佑弥くんは、わたしの……わたしの……ふぅぅン！　佑弥くんは、わたしの……なのぉ！」

涼香も佑弥を抱き締める。絶頂後の過敏な身体に悲鳴を上げながらも、ペニスを迎え撃つように細い腰をうねらせ、甘い喘ぎを上げ始めた。

第四章　アイドル替え玉作戦

浮かれ気分が顔に出る。授業中さえ、頬が緩みそうになる。大好きな人と結ばれたのだから無理もないが、それは佑弥だけではなかったようだ。

「こ、ここはちょっと……別の場所を開拓しようよ」

「そっかな？　ここが一番、見つかる心配がないと思うんだけど。それに……んふ。今日はお仕事ないから……ちょっとはゆっくりできるよ……」

あれ以来、佑弥は、性の悦びに目覚めたお嬢様によって連日のように放課後の女子トイレに連れ込まれていた。こちらの困惑などお構いなし。だが、狭い個室でふんわりとキスされると、もう、ここがどこでも関係なくなる。

「座って……舐めてあげる……」

そうして、彼女に言われるままに、股間を差し出してしまうのだ。お嬢様は、ペニスが唾液でベタベタになるまでフェラチオを楽しむと、いそいそと下着を脱いで太腿に跨がってきた。こちらからは指一本触れていないのに、上向いた亀頭に、熱い蜜が垂れ落ちる。

「涼香さんはエッチだなぁ」

「……ンもう……知ってるくせに……」

拗ねて尖ったピンクの唇が、かぶりつくように吸いついてきた。下半身では彼女の指がカリ首の段差に掛けられ、肉槍めがけて濡れた恥穴が降りてくる。

「あ……はぁぁぁ……」

穂先が秘裂に触れると、涼香は深い息を吐き、一気に腰を下ろした。ずぶずぶと、膣穴に埋まる勃起ペニス。肉の隘路に抱き締められ、佑弥は快感の呻きを漏らす。

「おぁっ……はぁぁぁ……。き、きつい……でも、気持ちいい……」

「わたしも……佑弥くんのおちんちん、太くて……あっ、身体、裂けちゃいそぉ……」

最初は破瓜の痛みが残って辛そうだったが、それも数日で治まり毎日のように挿入のおねだり。元からとはいえ、すっかりエッチ中毒だ。

「あふぅ……ふふっ……」

佑弥の肩に手を置き、咥え込んだ肉棒の感触をうっとりと楽しむ涼香。だがすぐに我慢できなくなって、甘い喘ぎと共に腰を上下に振り始める。

「あ……あぅン！　お腹、擦れて……膣、ムズムズして……はぁう、あっ、あぅン！」

陰唇の襞が肉竿に吸いつき、恥腔を往復するたびに愛液が流れ出してトランクスの中までぐっしょり。次第に加速する腰使い。濡れ陰唇と蠢く膣襞に勃起ペニスをくまなく舐められ、早くも込み上げてくる射精感を、歯を食い縛って必死に耐える。

「ン……くそっ、まだ……あ、ぐ……ぐぅぅぅ……っ！」

そんな恋人を挑発するように、涼香が腰の動きを変化させてきた。単純だった上下運動に捻りを加え、抉り込むように勃起を飲み込む。数日前まで処女だったとは思えない淫らさに若いペニスが翻弄され、声を抑えるのも限界に達する。

「あ……がッ！　おおお、お嬢様が、そんな動き……どこで覚え……はぉあぁぁぁッ!!」

「ンもう……佑弥くん、声、大きい……」

場所柄もわきまえずに大声を出し始めた口を、キスで塞がれた。初心者なのは彼女も同じなのに、見下されてばかりではやはり悔しい。

（りょ、涼香さんにも、声を上げさせてやる……！）

反撃の糸口を求めて、スカートの下に手を潜らせる。爪の先で引っ掻くように太腿やお尻を撫で回すと、鼻息荒く唇に吸いついた。

「んっ！　はぁ……ふぅん……」

キスをしながら薄目で様子を窺うと、彼女は頬を桃色に染め、うっとりと眼を伏せている。腰使いも、さっきよりはおとなしくなって、佑弥の愛撫に身を委ねている。悪くない反応に調子に乗ってお尻を撫でていたら、誤って指が谷間の底にするっと滑り込んだ。

「ン⁉　んふーッ!!」

指先が中心の窄まりに触れる。少女の全身が硬直する。心地よく閉じられていた眼を大きく見開き、身じろぎで抵抗した。このチャンスを逃してはもったいない。彼女を左腕で押さえ込み、小振りなお尻の小さな穴を、指の腹で執拗に責め続ける。

「ン！　ふキュッ……んきゅぅ……あ、や……そ、しょんなとこ……ひっ！」

唇を離して抗議するが、今度は佑弥がキスで黙らせる。放射状になったアヌスの襞をくすぐるうちに、彼女の身体から力が抜け、軟体動物のようにぐにゃりと寄り掛かってきた。

「そ、そこ、らめ……ふみゃあぁぁ……ちから、入んにゃいぃ……」

「涼香さん、お尻が気持ちいいんだ。お嬢様なのに」

「ち、違うもんっ！　わらひ、そんな……そんな……は、ひゅうぅふぁあぁぁぁッ！」

言葉とは裏腹に、するっとひと撫でしただけで、少女の体温が羞恥で燃え上がった。愛らしい唇から涎まで流して、間違いなくアヌスで感じている。しかも、お尻の快感が伝染したのか、勃起を咥えた膣の動きも活発になって、蠢くように扱き始めた。

「お……あッ！　涼香……さんっ！」

うねり始めた少女の腰に、ペニスへと危機感が訪れる。止められそうにない。佑弥も涼香のアヌスを責めながら下から突き上げ、射精に向かって走り出した。

「あ、っく……あぐっ！　い、いくよ……いくよ、涼香さんっ！」

「ひっ、ひぃあッ！　わたしも……わたしも……ら、らめぇぇぇぇぇっ！」

涼香の背筋が引き攣った。絶頂快感で膣口がキュッと強張る。柔肉に締めつけられて佑弥のペニスも限界を迎え、彼女の中に、白濁粘液を噴き上げた。


学園で妙な噂が流行っているのを知ったのは、クラスでは、おそらく、佑弥が最後だった。その話題に、一番敏感でなければならない立場であったにもかかわらず。

「ねぇ、あれ見た？」

「見た見た。でもこれ、本当かなぁ」

昼休み、友達と談笑する涼香の後ろ姿を眺めていたら、隣で数名の女子が、顔を突き合わせヒソヒソ話に興じていた。みんなで携帯の画面を覗き込んで、ネット上の噂話でもしているのだろうか。もちろん、他人の話を盗み聞きするような趣味はない。ただし。

「――だって、三之宮のお嬢様が、あんなことするはずないよ」

その中に親しい人の名前が出てきたら、どうして聞き耳を立てずにいられるだろう。

（あんなこと？　あんなことって何だ？　……って、まさか俺とのこと⁉）

秘密の逢い引きがばれたのかと戦慄したが、噂話をしている女の子たちは佑弥をチラリとも見ない。自分とは無関係だとすると、一体、涼香の何が問題なのか。

そういえば彼女と話をしている女生徒たちの態度も、どこかよそよそしい。元よりお嬢様に馴れ馴れしい者などいないが、距離感や雰囲気が、どことなくいつもと違っている。

「――あはっ。そうなんだー。びっくりー」

逆に、妙にハイテンションな涼香が浮いて見えるほどだ。

違和感の正体を掴めないまま放課後になった。いつもなら、涼香のお誘いがあるかどうかソワソワする時間帯だ。

「……いや待て。いつも女の子から誘わせるっていうのは、男としてどうなんだ。たまには俺の方から……ああでも、涼香さんの仕事の都合とか分からないしなぁ……」

それにしても、今日は一向にアプローチがない。しかも、いつの間にか教室から消えている。いくら涼香がエッチ好きでも、毎日というのは佑弥の思い上がりだっただろうか。

「あれ、でも鞄はある。……トイレかな？　でも何だろ。なーんか嫌な予感がするなぁ」

漠然とした不安に首を傾げていると、背後からポンポンと肩を叩かれた。涼香かと思って胸を弾ませ振り向けば、そこにいたのは、残念ながら別の人物。

「……なんだ、桶山か」

「何だとは何だ、失礼な。それより戸波、早く行こう。終わっちまうぞ！」

先日のグラビア撮影の時に佑弥の邪魔をした詫びをしに来たのかと思えば。しかし、彼にしてみれば謝罪するいわれはないわけで、その予想は見当違いでしかない。

「行くって……どこへ？　今日って学園集会的なものでもあったっけ？」

「何を呑気な。これ、知らないのか？」

呆れ顔の桶山が携帯を取り出す。佑弥は、そこに示された画面の不穏さに眼を剥いた。

「裏サイト？　この学園にもそんな物騒なものあったのか⁉」

「まあ、よそのがどんな感じかは知らないけど、うちの学園のは、都市伝説的なものが飛び交うだけの平和なものだよ。ただ、最近ここで妙な噂が流れていてさ、それを確かめようっていう集まりが、今からあるんだ」

そんな怪しげなサイトで語られる都市伝説的なものなんかに興味はないが、その掲示板でついさっきまで盛り上がっていた話題には、無関心でいるわけにはいかなかった。

「雨宮いりすの正体は、三之宮のお嬢様……って、何だよこれ！」

「前からそんな噂はあったんだよ。でも最近のお嬢様は、まぁ前からとぼけたところはあったけど、変に明るいというか浮かれてるっていうか……仕種とか言葉遣いが妙に似てるんだよ。で、ついにそれを確かめようって動きが…………お、おい待てよ戸波！」

後半は聞いていなかった。彼に携帯を返すのも忘れて走り出していたからだ。集会場とされている屋上を目指して階段を二段飛ばしで駆け上がる。

（くそっ！　もっと気をつけるべきだったんだ、俺が……俺が！）

後悔と反省が佑弥を苛む。いくら演技しているとはいえ、同一人物なのだから油断すれば似るのは当たり前。そして、その油断を誘ったのは、きっと自分だ。恋人とのエッチ行為に浮かれ、周りが見えなくなっていたに違いない。

（こんな時に支えるために、俺がいたんじゃなかったのか——⁉）

転げ出る勢いで金属製の扉を開ける。その音の大きさに、涼香を取り囲んでいた男女が一斉に振り向いた。集会などと言うから百人くらいは覚悟していたが、そこにいたのは二十人弱。しかも半数がクラスメイトだ。想像していたより騒ぎは大きくない。とはいえ、内気な少年が相手をするには、荷が勝ちすぎる大人数だ。

そして気づいた。集まった人間には二種類いることに。半分ほどの男子生徒は、おそらく興味本位。アイドルの正体を知りたいだけらしく、眺めているだけ。それに対し、もう半分の女子生徒は真剣そのもの。普段から涼香に憧れ、信奉している女の子が中心となって、お嬢様に詰め寄っている。遅れてやってきた佑弥など目に入っていないようだ。

「涼香さん、ウソですよね！　あんな軽薄な芸能人をやっているなんて！」

「あ……あのね、それは……」

「この前、三之宮さんが欠席した時に、学園の近くであのアイドルが写真撮影やってたって聞きました。あれも偶然なんですか？」

「三之宮さんがそんなこと……信じられません！　違うとハッキリ言ってください！」

ハッキリも何も、答えようとすると次の子が畳み掛けるように質問を重ねる。同一人物とは信じたくないのに、言葉だけでは信じられない。そんな心理が働いて、信仰対象のお嬢様を追い詰めているのだ。

（まあ、気持ちは分からないでもないけどさ……）

憧れのお嬢様が、おバカっぽい振る舞いをしているタレントだなんて思いたくはないだろう。アイドルに興味がなければなおのこと。とはいえ、このままでは埒《らち》が明かない。

「ちょ、ちょっとごめんっ！」

人垣を掻き分け、涼香を庇うようにして最前線に立った。当然のように、いきなり乱入してきた佑弥に対して、女の子たちが邪険な眼を向けてくる。

「えーっと……」

鋭い視線を浴びて冷や汗を掻く。そういえば、以前にもこんな風に囲まれたことがあった。あの時は彩音が原因だったが、もちろん、今回もどうやって説得しようかなんて考えていない。ただ、涼香を守らなければと、それだけで動いてしまったのだ。

「佑……戸波くん……」

不安だったのだろう。背後から、涼香が佑弥の上着をキュッと掴んだ。そのか細い声と弱々しい指が、佑弥になけなしの勇気を絞り出させる。

「さ、三之宮さんが、アイドルやってるって話だろ？　誰がそんな話言い出したんだ？」

「あんたには関係ないでしょ！　わたしは、三之宮さんが、本当にあんなバカアイドルかどうか確かめたいだけなんだから！」

ひとりの女子が、かなりヒステリックに叫んだ。人数が少ないとは思っていたが、涼香ファンの中でも、特にいりすを快く思っていない女子の集まりだったようだ。少し悲しくなったが、好き嫌いのあるキャラクターであることは百も承知だ。

「そ……それじゃあさ……もし、本当に三之宮さんがアイドルだったとしたら、どうするつもりだよ。軽蔑するのか？　嫌いになるのか？」

「佑弥くんっ⁉」

涼香が甲高い悲鳴を上げる。後ろに回した手で大丈夫だというジェスチャーをしたものの、心臓はバクバクだ。ここからどう展開するかなんて、佑弥にだって分からない。

「そ、それは……あんたに関係ないでしょう……！」

「なら………俺じゃなくて、三之宮さんに言ってあげなよ」

身体をどけて、ヒステリックな女生徒と涼香を対面させる。彼女はウッと言葉を詰まらせた。助けを求めるように、お嬢様と仲間の顔を交互に見渡す。少し意地悪すぎただろうか。だがここで気を緩めれば、疑惑を拭うことなんてできない。

「……心配しなくていいよ。三之宮さんと雨宮いりすは、間違いなく別人だから」

「だから！　何であんたにそんなことが分かるのよ！」

佑弥は迷った。どうすれば話をまとめられるのか、まったくのノープラン。追い詰められ、行き詰まり、自分でも思いもよらないことを口走る。

「それは…………俺が、いりすと知り合いだからだよ」

突然の爆弾発言に、涼香を責めていた女子はもちろん、興味本位で聞いていた男子生徒までざわめいた。もちろん、信用されていないのは表情を見れば一目瞭然だ。

（どうしよう……どうすればいい……？）

焦りがピークに達し、破裂しそうな心臓を制服の上から押さえる。胸ポケットに、学生手帳の硬い感触。それが、佑弥に最後の手段を閃かせた。

「こ……これが証拠だ！」


それから数十分、今度は佑弥が激しく詮索される羽目になった。

「何だよこの写真！　いりすと肩なんか組んで！」

しかも、背後には大掛かりな撮影機材とスタッフ。ＰＶ撮影見学の時にもらったスナップを、お守り代わりに持っていたのだ。もちろん、絶対に表沙汰にしてはいけない写真だが、これを見せる以外の手段が思いつかなかった。詳しく聞かせろと詰め寄る連中には、いりすとの約束で明かせないと言い通し、やっとの思いで集会を解散させた。

「……ありがとう佑弥くん。おかげで助かりました」

誰もいない教室で二人きり。深々と頭を下げられ、逆に恐縮してしまう。

「ごめんね。約束破って、発表前の仕事のこと話しちゃって……」

「あのくらいなら、平気。それに……わたしを守ってくれたんだもの。……嬉しいっ」

柔らかな涼香の笑みに、やっと落ち着いたはずの心臓が、再びバクバク鳴り始めた。

「で、でもさ。涼香さんなら、もっと早く説得できたんじゃないの？」

写真の収められている胸を押さえて話題を戻す。いくらしつこくても、彼女たちは涼香のファンだ。彼女が声高に否定すれば、あそこまで追及されずに済んだはず。

「そう……なのかな？　でも、ちょっと、困ったことがあったものだから……」

軽く握った右手を唇に当て、お嬢様っぽい悩み事のポーズで視線を逸らす。そういえば囲まれていた時も、彼女はどこか上の空だったような。

「……もしかして、その悩みの方が重要で、さっきのはそれほど困ってなかったとか？」

だとしたら、ずいぶんと間抜けな手段に出てしまったものだ。アイドルと知り合いという秘匿すべき情報を開示してまで。

「あ、ううん！　そんなことないよ。助かったのは本当。ただ……こっちの件は、もう本当にどうすればいいのか、解決方法が見つからなくて……」

ソワソワと、落ち着かない様子で円を描いて歩き出す。これは相当お困りのようだ。

「……よかったら相談に乗るよ？　……といっても、アイドル関係のことだったら、俺にできることなんて全然ないだろうけどね」

「確かに、お仕事関係ではあるんだけどぉ……」

モゴモゴと口籠もる。とんでもないワガママやお願いで佑弥を振り回しているお嬢様も、今助けてもらったばかりでさらに救いを求めるのは、さすがに気が引けるのだろうか。しかしそれでも、ついには決心したように、毅然とした表情で顔を上げた。

「お願い！　あなたが雨宮いりすになって！」

「…………はい？」


甘かった。まさか、かつてないほど「とんでもないお願い」をされるなんて。

「ほら、もうすぐヴァレンタインじゃない？　それで今度、お父様の関連会社のお菓子メーカーで、イベントというか……パーティがあって。で、その企業のＣＭに出ているタレントを呼ぶことになったの」

そこに、ＣＭに出演中のいりすも呼ばれているというわけだ。そこまでは理解できる。

「それで困ることっていうと……ああ、そういえば！　お父さんて、涼香さんの芸能活動に反対だったんだよね。変装がばれるのが恐いとか？」

「その心配はしてないわ。お父様は、芸能人になんか興味ないもの。まして、いりすみたいな娘、絶対まともに見てないだろうし」

正体バレでないとすると、一体何が問題なのだろうか。

「大問題よっ！　わたしも、そのパーティに出席しなくちゃいけないの！」

恋人の頭の回転の遅さに苛立ち、お嬢様が、頬をむすっと膨らませる。

「……あ。つまり、パーティには〝いりす〟と〝涼香〟さん、両方ご出席ということ？」

やっと事態を把握した佑弥に、涙目になって幼女のようにコクンと頷く。それは確かにお困りだろうが、出番の時だけ入れ替わることくらい、できそうなものだ。

「それが無理なの。だって……そのタレントコーナーの司会役、わたしなんだもの！」

頭を抱えてしゃがみ込んでしまった。彼女なりに考え抜いて、入れ替わりは不可能と判断したのだろう。来賓の前で、ちょっとトイレというのも、お嬢様的には難しそうだ。

「……いやいやいや！　だからって俺にやらせせようなんて無謀すぎるよ！　……そ、そうだ。彩音さんにお願いしたら？　その方がまだ……」

「身長が違うもん。彩音さん、わたしより十センチも高い」

「じゃあ……じゃあ……いっそ、いりすは欠席ということで……」

「マスコミだって来るのよ⁉　アイドルがドタキャンなんてイメージ悪くなるでしょ！」

「じゃあ何でイベントに出席するなんて決めたんだよ！」

「そんなの、タレントの一存で決められないよ！」

二人とも駄々っ子のように腕を振り回し、おそらくは彼女の中で何度も行われたであろう押し問答を繰り返す。涼香を助けたいという気持ちはあるが、ここは引けない。

（だって、いりすになるってことは、女の子の格好しろってことだろ!?）

女顔で馬鹿にされた経験を持つ佑弥としては、譲れない一線がある。新たなトラウマを植えつけられるのはゴメンだ。

「俺と涼香さんでだって身長が違うだろう。いくら俺がチビだからって……」

「五センチなんて大した問題じゃないわよ。心配しないで！　衣装の直しは彩音さんがやってくれたから！」

「くれたって、過去形!?　もう既定路線!?　っていうか、何で俺のサイズ知ってるの!?」

「あー、あの服、佑弥くんサイズになっちゃったから、わたしもう着られなーい」

「え!?　でも今、五センチくらい大した問題じゃないって……」

「だから、ね？　お願い♪」

両手を合わせて可愛くウインクされようと、佑弥の心が揺らぐはずがない。

なのに、どうしてこうなったのか。

「それでは不肖ながら、わたくし鳴滝彩音が、ご指導させていただきます」

佑弥の部屋で、メイドさんが三つ指をつく。結局、身代わりを涼香に押しきられてしまった。それしか選択肢がなかったとはいえ不安要素は山盛り。イベントの打ち合わせやリハーサルで忙しい涼香の代理に、マネージャーでもある彩音が、いりすになりきるためのコーチにやってきたのだ。

（……落ち着かない。……彩音さんは平気なのか？）

　部屋でメイドさんと二人きり。あの時のことを思い出さずにはいられない。——自信喪失した彼女を慰め、お口で奉仕を受けたことを。こうして膝を突き合わせていると、今にも彼女の唇が迫ってきそうで股間がムズムズする。

「まずは、佑弥さまの実力のほどを確かめさせていただきます」

「は、はい！……実力？」

　彩音の毅然とした声に、スケベな妄想を一喝されたような気がして背筋が伸びた。

「はい。歌やダンスはもちろん、立ち居振る舞いから喋り方に至るまで、佑弥さまには、完璧にお嬢様になりきっていただかなくてはいけません」

　何もそこまでと乾いた笑い。しかしメイドは、そんな甘い考えを一蹴した。

「想像してみましょう。ステージ上で、雨宮いりすが、実は男の子だと知られた場面を。さて、困るのはどなたですか？　あなたは女装少年として世間に認知され、お嬢様はいりすを永遠に失うことになるのです。それでもいいというのなら……」

「分かった、分かりました！」

　女装少年も、いりすがいなくなるのも困る。彩音が言うと、脅迫しているのか、単なる事態の想定に過ぎないのか分からないのが恐い。

「じゃ、じゃあ、まずは歌とダンスから……で、いいですか？」

　どうぞと促され、いりすの最新シングルCDをラジカセにセットした。緊張に早鐘を打つ胸を押さえ、すぅっと息を吸い込んで、とりあえず一曲歌ってみせる。

——ずん、しゃかしゃかしゃ、じゃんっ！

曲の終わりに、マイクを高々と突き上げ決めポーズ。閉じた眼を怖々開き、メイド兼マネージャーの評価を待つ。が、彼女の表情は変わらない。所詮は素人と嘲っているのか。決めポーズのまま硬直し、冬なのに背中を冷や汗が流れる。

「…………………どうしてそんなに完璧なんですか」

呆れられた。恥ずかしいのを我慢して歌い踊ったにしては、あんまりな称賛だが、ともかく合格をもらってヘナヘナと床に崩れた。

「ま、まぁ……好きだから上達するってこと、あるじゃないですか」

「つまり、常日頃からお嬢様のＰＶなどを鑑賞し眺め回し、ひとりで歌って踊っていつの間にかマスターしてしまったと、そういうわけですか？」

「ひ、否定はしないけど……今日の彩音さん、何か冷たくありませんか？　前にここに来た時はあんなに……」

つれない態度のメイドさんに、迂闊にもデリケートな問題を口走ってしまった。プライドの高い彩音にとっては、思い出したくもない姿のはず。

「……わたくしは、ご恩を忘れるほど薄情な女ではありません。佑弥さまがお望みとあれば、いつでもご奉仕させていただきます」

言葉遣いは丁寧なのに、やはりどこか機嫌が悪い。この前のＰＶ撮影の時は、あんなに

親しげにしてくれたのに。

「ま、まぁともかく、これでパフォーマンス部分はＯＫですよね？」

「……八十点、といったところでしょうか。声は口パクで対処するとしても、どうしても
仕種に男の子っぽさが残ります。そこでっ、女の子らしさを身につけるためにっ！」

彩音が、持参していた旅行用のキャリートランクから自慢げに取り出したものに、佑弥は卒倒しそうになるほど蒼褪めた。

グラビアアイドルや女優。十人近くもの女性タレントが居並ぶ控室の片隅で、佑弥はパイプ椅子の上でガタガタと震えていた。

(テ、テレビで見たことある人ばっかりだ……)

一般人とはまるで違う。ただそこにいるだけで、強烈な存在感を主張する。選ばれた特別な存在なのだということを、納得させられてしまうのだ。

「いりすちゃん、今日はよろしくねー」

「あ、はい。こちらこそよろしくお願いします」

若手女優に話し掛けられ、起立して声色を変え挨拶を返す。馬鹿丁寧な対応も、相手が違和感を覚えた様子はない。表では弾けたいりすも、裏では常識的に振る舞っているという彩音の話は本当だったようだ。ひとまず最初の山を乗り越え、溜め息を吐く。

だが、震えの原因は有名人だけではなかった。緊張に耐えられず、会場を覗きに行って

しまったのがまずかった。結婚式や各種会見で使われる大広間。集まっていた人は三百を下らない。半数はお菓子メーカーの関係者で、残りの半分はマスコミだ。眩いばかりの照明の中、特設ステージを狙ってずらりと並んだ、大きなカメラの大きなレンズ。会場のあちこちで、スーツ姿の大人たちが、何やら難しい商談を繰り広げている。

（お……俺、ここで歌うのか？　本当にここでなのか……っ⁉）

お尻がムズムズする。軽い気持ちで引き受けたつもりはなかったが、ここに来て思い知らされた。こんな環境、平凡な日常しか知らない普通の学生に耐えられるはずがない。ただでさえいりすは目立つ。元々変装しているようなタレントだし、彩音のメイクのおかげもあって、今は替え玉と気づかれていないが、誰かがこちらを見るたび足が竦む。

（……大丈夫、大丈夫……。ダンスも話し方も、彩音さんにみっちり仕込まれたんだし）

一切のミスが許されない、地獄のような特訓だった。しかし、自分はあれを乗り越えたのだ。暗示を掛けるように自分に言い聞かせ、衣装をチェックする。

上着のブレザーには、板チョコや棒チョコ型のぬいぐるみが山のように縫いつけられ、ブラウスとスカートには、プレゼントの包装を意識していると思われる共通のチェックのリボン。胸焼けしそうな甘ったるさだが、本物の涼香が着ればさぞかし可愛いだろう。

だがしかし、衣装以上に佑弥を困惑させたのは、女物の下着だった。

——身も心も、女の子になりきっていただくためです！

必死の拒絶も、鬼教官のメイドさんには通用しなかった。やむを得ずショーツとブラジャーを身に着けたが、むしろ落ち着かない。明らかに逆効果としか思えない。

「どうしたの、いりすちゃん。今日はやけにおとなしいじゃない」

ボロを出さないように黙って座っていたら、それは、いりすらしくなかったらしい。短いポニーテールに眼鏡、パンツスタイルのスーツの女性が心配そうに覗き込んできた。

「は、はい。だだだ……大丈夫、です」

再び訓練された声色を作ってみせたが、佑弥は内心でパニックを起こしていた。

（だ、誰なんだ、この人ぉ――!?）

タレントなら名前も分かるし、ある程度は話も合わせられるだろう。だが、この女性に見覚えはない。おそらくは誰かのマネージャー。裏方の人物に違いない。

（そ、そうだ彩音さん！　彩音さんはどこに行ったんだ……!?）

さっき、忘れ物を取りにいくと言ったきり戻ってこない。替え玉を置き去りにするとは何と無謀な。ひとりぼっちをこんなに心細く思ったことなんて、生まれて初めてだ。

「大丈夫？　何だか顔色も悪いし、震えてるみたいだし」

親しげな口調からして、いりすとは顔見知りらしい。だが、それは逆に困る。どう話を合わせればいいのか、何も思い浮かばない。

「あの……あの……」

そこらのアイドルよりも綺麗な顔を寄せられ、混乱に拍車が掛かる。緊張で卒倒しかけたその時、控室の入り口に、ひとりの少女が現れた。

「本日、司会を務めさせていただきます、三之宮涼香です。不慣れでご迷惑をお掛けすると思いますが、よろしくお願いいたします」

「……若いのに、大した度胸ね」

さっきの美人マネージャーが、涼香を見て呟く。確かに、不慣れと言いながら堂に入ったもの。上品な白いドレスを着た彼女は、並み居る芸能人を前にして、少しも物怖じしていない。司会は初めてだとしても、幼い頃からパーティの類は多数経験済み。アイドルとしても活動中の彼女は、佑弥などとは、そもそも踏んでいる場数が違うのだ。

（りょ……涼香さぁ～ん……）

まるで救世主が現れたような心地に、恥も外聞もなくすがりたくなる。彼女も佑弥の蒼い顔に気づいた。だが本番直前の慌ただしさの中、スタッフに連れ去られてしまう。

（そ、そんな……）

彩音もいない。涼香も当てにできない状況下で、頭が真っ白になり、気がつけば佑弥はステージの横でスタンバイしていた。

落ち着けと自分に言い聞かせるほど、冷静さが遠のく。上がらない方法を教わったはずなのに思い出せない。女優やアイドルが次々とステージに呼び込まれていく。緊張がピークに達し、次が自分という頃には、失敗するイメージが頭の中を席巻していた。

「――次は、歌やバラエティ番組でご活躍中の、雨宮いりすさんです」

涼香が呼んでいる。しかし、まるでロボットのようなぎこちなさで階段に足を掛けた佑弥は、見た。スタンドマイクの前で進行表を持った涼香の、不安そうに曇る顔を。震える唇で「佑弥くん、お願い」と、小さく呟くのを。

あまりに堂々としていたので、こっちの苦労も知らないでと思っていた。だが、あの頑張り屋のお嬢様が、そんなに無責任なはずがない。まして、下手をすれば恋人に恥を掻かせる場面を押しつけて、平然としていられるはずがなかったのだ。

（…………そんな顔しないで。大丈夫だから）

大好きな女の子に大役を任されて、怖気づいている場合じゃない。彼女に言い聞かせたつもりなのに、不思議と震えが止まった。覚悟より、不思議な高揚が湧き上がり、気づけば佑弥は、満面の笑みでステージに駆け上がっていた。


「かんぱーいっ！」

イベントが終わって外はすっかり暗くなっていたが、三人は涼香の部屋で祝杯を上げることになった。もちろん身代わりステージの成功を祝ってのことだが、ご機嫌なのはお嬢様ひとりだけ。彩音は、なぜかヘソを曲げたようにコップを傾けジュースをチビチビ飲んでいるし、佑弥は佑弥で、盛り上がりたくてもそうできない理由があった。

「……俺、いつまでこの格好してればいいの？」

「ダメダメ。女の子がそんな喋り方しちゃ、可愛くないよぉ」

お嬢様が唇を尖らせる。すでに用済みのはずなのに、いまだ〝雨宮いりす〟から解放されていなかったのだ。もちろんピンクのウィッグも着けたまま。どうやら、本番では佑弥の女装をゆっくり見られなかったので、祝杯の肴《さかな》として鑑賞したいらしい。

「……ところで、彩音さんは何が気に入らないんですか？」

彼女のご機嫌斜めは、もっと理解できない。指導通りにやったはずだし、大きなヘマもなかったはず。

「………………やっぱり、お嬢様がいいんですね……」

「――は？」

両手で持ったコップを口につけながら、上目遣いでギロッと睨まれた。その迫力に思わず身体を引いてしまうが、何に文句をつけられているのか、さっぱりだ。

「……不甲斐ないです。……佑弥さま、緊張されてたみたいだから、わたくしが元気づけてあげようと思っていましたのに……」

今度はヒックヒックと泣きじゃくり始めた。あの彩音が、そこまで自分のことを心配してくれたなんて。控室になかなか戻ってこなかったのも、何か考えがあってのことだったのだ。愛しさで胸が締めつけられる。

それなのに彼女は、感動を台無しにするものをエプロンの前ポケットから取り出した。

「せっかくのこれが、無駄になったじゃないですかぁ！」

「そ、それは！　彩音さん、何てもの持ってるんですかっ⁉」

いくつもの球体が一列に並んだ、三十センチほどの白い棒。忌まわしくも甘美な記憶が甦る。あれは特訓初日、彩音が「女の子らしさを身につけるため」と称し取り出したもの。

「そうです。佑弥さまに教育を施したアレです。んふふ……これをお尻に突っ込まれた佑弥さま、アンアン鳴かれて、可愛らしかったですわ～」

忘れたかったのに。おぞましさよりも、快感の方を覚えている自分が恐い。疼くアヌスを押さえる佑弥の肩越しに、涼香が興味深げに覗き込んできた。

「え？　なになに？」

「何でもありません！　お嬢様が見ちゃダメなものだから！」

大慌てでメイドさんのポケットに突っ込み返却。お嬢様はぶーぶー文句を言ったが、突然、その眼がスッと意地悪そうに細くなった。

「んふ。佑弥くん、すごかったもんね。わたし以上にいりすっぽかったもんねー。さぞお勉強したんだろうねー。わたし、ライブでもあんなにスカート跳ね上げたことないもん」

「……や、やめて。それ以上言わないでください……」

ただオモチャが見られなかっただけで、そんな仕方で報復をするのか。涼香のためとはいえ、ウインクしたり腰を振ったり、媚を売るように小首を傾げて可愛らしさをアピールしたり。彼女の困り顔で覚悟を決められたことであって、もう二度とできる気がしない。

「あーでも、あそこまで勢いよくジャンプするとパンツ見えちゃうんだ。おかげで参考になったわ。ありがと、んふっ♪」

「パパ、パンツ……ッ!?　うわあぁぁぁぁっ！」

よりにもよって、女物の下着を公衆の面前で。替え玉がばれなかったとはいえ、懸念していたことが起こっていたとは。これ以上の辱めに耐えられない。半狂乱になった佑弥はブレザーを脱ぎ捨てた。それが、涼香の大事な衣装だということも忘れて。

「ああん、ごめんなさい佑弥くんっ。お願いだから、もうちょっと女の子でいて！」

「うわっ⁉」

本気で謝っているとは思えない笑顔で涼香が飛びつく。腕に触れた、ぽよんと弾む乳房に怯んで、ふわふわの絨毯に押し倒された。大の字になった佑弥の両手を掴んで、唇を三日月にした少女が見下ろしてくる。

その眼を見て、背中を寒気が走った。股間がスースーする。ミニスカートがめくれ、露わになった太腿を空気が撫でると、自分がひどく頼りない存在に感じられる。

「あ……あの……」

いくらのし掛かられているといっても、相手は女の子。跳ねのけようと思えばできるはずなのに、舐め回すような少女の視線に身体が竦んで動けない。垂れ落ちた長い髪が、不気味さに拍車を掛ける。女装少年を押し倒して興奮したのか、眼を見開き、はぁはぁと息を荒らげる。乾いた唇に、赤い舌がペロリと湿り気を与える。

「んふふふっ……。佑弥くんて、前から可愛いと思ってたけど……こんな格好してると、本当の女の子みたい……」

「――――！」

涼香の漏らした不用意な一言が、防戦一方だった佑弥を冷静にさせた。男としてのプライドを刺激され、ムッとなる。

「可愛くなんかないよ。俺、これでも一応男だし……」

「……あ……ご、ごめんなさい……」

拗ねたように顔を逸らすと、さすがに機嫌を損ねたと察したらしい。掴んでいた手首を離し、申し訳なさそうな顔で上体を起こした。それでも、佑弥から降りようとはしない。両脚で太腿をグッと挟まれ、触れ合う素肌の感触に鼓動が跳ね上がる。

「そうだよね。こんな格好が似合ったって……佑弥くんは男の子、だものね……」

呟きながら、彼女の腰が微妙に蠢いた。跨がる位置を、太腿から腰へジリジリずらす。セリフは殊勝なのに、挑発するような妖しい光の瞳に、佑弥の男としての意地やささやかなプライドなど、簡単に引き下がってしまう。

「それなら……あなたの男の子らしいとこ、見せて欲しいな……」

少女の股間が、スカートに重なった。内側で震える肉棒を刺激するように、小振りなお尻が円を描く。佑弥の頭の横に腕を突き、クイックイッと本格的にスライドし始める。

「あ……あ……涼香……さん……っ！」

布地越しとはいえ、美少女の素股に痺れるような快感が走る。肉棒の勃起は急加速。小さなショーツでは収まりきれず、膨張亀頭が窮屈な下着からはみ出す。それを股間で感じ取ったのか、涼香は佑弥のスカートを捲り上げ、下着同士をクリクリと擦り合わせた。

「あは……佑弥くんのここ、オトコノコらしくなってきた……」

「あ……あうっ！　はぁ……」

嬉しそうな囁き声に耳をくすぐられ、切ないくすぐったさに喘ぎを漏らす。二人とも着衣のままなのに、まるで騎乗位で挿入しているかのように本格的に腰を振り出した。

「あっ……すごっ……佑弥、くんのが、ゴリゴリって当たって……ふぁあンっ！」

「お、俺も……俺も、気持ちいい……！」

布地越しに裏筋を擦られ足の指がピリピリ痺れる。パンツから首を出した亀頭が、鈴口から先触れ液を垂れ流す。涼香の股間に根元から絞り取るように擦り上げられ、透明な液が断続的に射精のように飛び出す。

「あはぁ……。佑弥くんのおちんちん、びくびくってしてして……わたしの、あそこ……ふぁあぁ……ぐりぐりってしてして……つついて……あンっ！」

「お、あっ……！　涼香……さんっ！」

パンツ越しに女性器の窪みを感じ、いきり立ったペニスに痛みさえ感じ始めた。ただ擦り合っているだけなのに、暴発しそうになるほど下半身が追い詰められる。

「あ……はぁ……はぁ……佑弥……くん……」

虚ろな眼で、舌を突き出しながら唇を寄せてくるお嬢様。佑弥も同じように舌を差し出し、キスをねだる。

「ふぉあっ!?」「あんっ……！」

だが、横から不意打ちで耳朶を舐められ狙いが逸れた。顎が跳ね上がり、涼香の鼻の頭を舐めてしまう。生温かい肉片のようなものが耳の穴に侵入し、クチュクチュと反響する粘着音で佑弥の頭の中を掻き回す。

「おっ……あッ。あぅあ……彩音さん……!?」

「お二人とも酷いですわ。わたくしを忘れて楽しそうに……」

素股に夢中になっている間に、拗ねた彩音が添い寝していたのだ。恨めしげに佑弥の耳を舐めながら、ブラウスのボタンを外して胸に手を這わせてくる。不本意ながら、偽乳を作るために着けていた、パッドとウレタンを縫い込んだブラジャー。その下に手を挿し込み、ゴマ粒のように硬くなった乳首を指先でクリクリ摘んで弄んだ。

（い、いい……。でも、いいのか？　涼香さんとしてるとこ、彩音さんに見せても……）

いくら好意的になったとはいえ、お嬢様が男と戯れる姿に、メイドさんが心穏やかでいられるはずがない。それに、今の佑弥は二股を掛けているようなもの。このままプレイを続行しても大丈夫だろうか。

それに涼香だって、メイドの前で快感行為に耽《ふけ》ることにはためらいがあるはず。股間と胸で渦巻く快感に未練を残しながらも、涼香の肩を押し戻す。ところが、このお嬢様の言い出したことに、佑弥は耳を疑った。

「……ごめんなさい。そうよね……彩音さんも、佑弥くんと気持ちよくなりたいよね」

「りょ、涼香さんっ!?」

お嬢様が、メイドの髪や頬を愛おしげに撫でる。酔ったようにうっとりと頬を染めた彩音が、年下の少女を崇《あが》めるように仰ぎ見る。そうして、呆気に取られている佑弥に、二人がかりの愛撫を再び仕掛けてきた。

「あうっ！　あ……はぁぁぁっ！」

喉が情けない悲鳴を漏らす。左右の首筋に舌が吸いつき、ねっとりと逆撫でされる。皮膚が粟立つ快感が、血管を通って全身を走り抜ける。彩音の手だろうか、胸を撫でていた指の腹で乳首を転がされ、微弱な快感電流に身悶えせずにいられない。

うっすらと眼を開けると、涼香と彩音が自分を見下ろしていた。汗と涙で紗《しゃ》の掛かった視界に、二人の顔がキラキラと輝いて見える。薄く微笑んだふたつの唇が、ゆっくりと降りてくる。快感で思考が鈍っていた佑弥は、何の疑問も持たずに二人を抱き寄せ、真珠のように輝く二枚の舌を同時に受け入れた。

「ちゅっ！　あ、んむぁ……りょ、涼香さ……彩音、さん……ちゅっ、れろっ！」

「ふぁぁぁ……あは……二人でキスなんて……えっちぃ……ン、ちゅる！」

「ん……あん、佑弥……さま……お嬢様ぁ……じゅるっ！」

三枚の舌が、それぞれ別の生き物のように絡み合う。違う味の唾液が流れ込み、口の中で混ざり合い、舌で掻き回される。量も増え、ねっとりと濃厚になっていき、息苦しさに気が遠くなりながらも、あまりの美味に夢中で蜜を貪る。

「んむっ、じゅる、チュ……………んふぁ……美味しい……ンふぅ……」

まるで水飴のように粘る唾液の糸を引きながら、女性たちが身を起こす。空気を貪る暇もなく唇が首筋を這う。ブラウスをはだけ、ブラをずらし、乳首を晒された瞬間、身体がカッと熱くなった。そんなところを見られて、恥ずかしいと感じたことなど一度もない。それなのに、女の子の格好をしているせいだろうか。左右から甘噛みされ、思いきり吸引されて、羞恥と快感で胸がビリビリ痺れる。

「あ、お……そこ……そこはっ……はぁッく！」

「んふ、佑弥さま……可愛い……」

ひとしきり乳首を責め、唾液まみれにした二枚の舌は、さらに下方へと移動した。両サイドから脇腹に吸いつかれ、くすぐったさと気持ちよさで背中が反るほど身悶えする。

「おぉっ！　おぅっ……あッ……ぐぁうっ！」

「あはぁ……すっごぉい……。ね、佑弥くん、見て……」

不意に、涼香が感嘆の声を上げた。なにごとかと首を起こした佑弥は、自分の身体の反応に目を疑った。いつの間に下着を脱がされたのか、大きく広げた脚の間で、焦らされ、憤った巨大な肉ロケットが、持ち主も驚くほどの膨張を見せていたのだ。

「んふ……佑弥くんのおちんちん、美味しそう……」

スカートを押しのけ、ビクビクと大きくしゃくり上げるそれに、二枚の妖しく光る肉片が迫る。お嬢様とメイドが、欲情に眼を細めながら、同時に亀頭を舐め上げる。

「あ……あ……ほぅわあぁぁぁ!?」

一方が粘液を漏らす鈴口をくすぐり、もう一方がカリ首の段差を弾いた。それぞれ勝手に動き回っていたと思うと、肉幹の根元を左右から挟んで一気に逆撫でする。射精するかと思うほどの痺れに腰が跳ねる。すると、まるでそれを待っていたようなタイミングで、勃起が温かい空間にぬるっと飲み込まれた。

「ふぅぅうおぉおぉあぁぁぁぁッ！」

「あん、お嬢様、ずるいですぅ」

彩音が、聞いたことのないような甘えた声で抗議する。すると、今勃起ペニスを口に含んで、螺旋を描きながら竿を舐めているのは涼香なのか。だがメイドは、お嬢様のはしない行為を咎めるどころか、競うようにして裏筋に唇を這わせる。扱いていた唇が先端近くまで戻ると、あろうことか主を押しのけ、バネのように弾む勃起を奪い取った。

「ん……むふぅ……佑弥さまのおちんちん……はぁぁむ……！」

「あぁんもう、彩音さんたら……！」

首を振って、じゅっぷじゅっぷとペニスを扱く朱唇。涼香は負けじと、無理矢理その隙間に舌を押し込んだ。口の中に、肉柱とお嬢様の舌が入り込み、苦しそうに彩音が呻く。

「ん……ふぉ嬢ひゃま……!?　ん、ちゅっ、ちゅれろ！」

まるで舐める領域を奪い合うように、肉棒の表面を這い回る二枚の舌。それは次第に触れ合い、絡み合い、ペニスを間に挟んでの、女性同士のキスを楽しみ出した。

「ふぁ……おあっ……ふぅああ！」

微笑みながら舌を擦り合わせる二人に対し、佑弥は悶絶させせられるばかり。予測できない不規則な動きは、気持ちいいのにもどかしく、欲しいところに快感を与えてくれない。

「あぅ……おぁっ……おぉぉぉっ！　ダ、ダメだ！　我慢……できない！」

絶頂手前でお預けを食らったような生殺し。そんな状態に耐えきれず、棒つきキャンディーのように勃起を舐めていた涼香の肩を掴んで床へと押し倒した。

「きゃっ、やぁん⁉」

いきなり好物と引き離され、不満そうな悲鳴を上げる淫乱お嬢様。その愛らしい声が、牡の欲情を一層煽る。下着を脱がすのももどかしい。佑弥は焦燥に駆られながら股布をずらし、濡れそぼった秘裂へと一気に怒張を突き刺した。

「ひィッ⁉　そんないきなり……深い……ふぁあぁ、ふ、太いぃぃぃぃっ！」

指や舌での前戯もなしの挿入に、キュッと強張ったお尻が宙に浮く。佑弥は彼女の暴れる膝を抱え、狂ったように腰を突き入れた。

「ふあっ！　ひぃいあぁぁぁン！　そこ……そこじゃなくて……あ、あ、あ、そこ！」

目茶苦茶な挿入をされつつも、涼香は自ら快感ポイントへ肉槍を誘う。次第に、二人のリズムが合い始めた。処女の時と変わらない膣口の締めつけ、カリを擦る柔らかな膣襞。肉幹に絡みつく愛液のぬめり。下半身が蕩けそうな胎内の温かさに、天井を仰いで喘ぐ。

「すごいです……。お嬢様の小さなおま○こが、佑弥さまの太いおちんちんを美味しそうに頬張って……」

頬を上気させた彩音が、気だるそうにしなだれ掛かってきた。挿入快感に呆ける佑弥の首を捻じ曲げ、強引に唇を奪う。

「ん、あ……。ちゅる……彩音さん、ごめん。……俺、涼香さんのバージン……ンっ！」

「ちゅ……存じています……あん。でも……ちゅぷ。ふぅ……お嬢様が幸せなら、わたくしはそれで……。ですから……もっと、気持ちよくさせてあげてください……」

舌を吸い合いながらの告白にも動じない彩音に、佑弥は内心動揺していた。お嬢様の処女が奪われたなんて、彼女にとっては一大事のはず。それを許してくれた彼女に感謝し、肩を抱いて深く深く唇を捻じ込む。すると、熱いキスを交わす二人に嫉妬したように、涼香の膣が肉棒の根元をググッと締め上げた。

「おぉあっ……！」

「ンもう……佑弥くんの彼女はわたしなのに、そんなに気分出しちゃって……」

言葉はともかく、眼も口元も咎めていない。彼氏とメイドのキスを優しく見守り、そのくせ焼餅を隠しきれず、腰を回して肉棒を責める。

「き、きついよ涼香さん……そんな締められたら……俺、おぉ！」

膣襞に裏筋を舐められ精液が漏れそうだ。弱音を吐く恋人を、涼香は快感で頬を染めながら見上げ、甘えるように小首を傾げた。

「ね、佑弥くん……んふっ。……あ、彩音さんに……お尻……あ、ふぅぅ……開発されちゃったんでしょ？」

腰をうねらせながら小悪魔のように細められる眼に、佑弥のアヌスがキュンと疼いた。動揺のあまり、首に抱きつきキスをねだるメイドさんを責める。

「彩音さん！　そ、そんなことまで話したんですか⁉」

「あら。わたくしとお嬢様の間に、隠し事はありえませんもの。当然ですわ」

あっけらかんと言い放つメイドさん。お嬢様が申し訳なさそうに苦笑するが、プレイの内容が筒抜けだった衝撃は、そんなものでは収まらない。

「ごめん。でも気にしないで……。佑弥くんも彩音さんも、わたしにとっては大事な人なんだもの。二人が仲良くなってくれて、わたし、とっても嬉しいんだから……」

そんなことを言われたら、責めるに責められない。それでも戸惑いを拭いきれない佑弥に、お嬢様は、またしても信じられないおねだりをしてきた。

「ね、佑弥くん。……わたしも、もっと……お尻の気持ちよさ、知りたい……な」

口元を握った手で隠し、耳まで真っ赤になった顔を逸らす。そんなに恥ずかしいなら言わなければいいのに、チラチラと彩音に目線を送り、アヌスへの興味を隠しきれない。

（い、一体どんな伝え方したんだよっ！）

彩音を問い質そうと思ったが、よく考えたら、最初に自分が女子トイレでお嬢様のお尻に悪戯したのだった。もしかして、彩音のアナル責めも、お嬢様からの仕返しだったのだろうか。自分の迂闊さに硬直している隙に、涼香が寝返りをするように身体を捻った。膣内でペニスが捻じられ、思わず呻きを上げる。

「はぁ……はぁ……」

お漏らしをしたようにベタベタの恥裂から、勃起がずるっと引き抜かれた。涼香は震える息を吐きながら全裸になると、膝立ちでベッドに上半身を伏せた。肩越しに振り返り、濡れた瞳で、小振りながら白くて艶やかな丸みのお尻を差し出すように持ち上げる。

「きて……」

涎を垂らす恥裂の上で、深呼吸するように息づく小さな恥穴。それを、涼香が自らの手でぐっと開いた。アヌスを取り巻く放射状の襞が、卑猥に歪む。

「あ……あ、あ……」

大きく開いたお嬢様のお尻の穴に、ふらふらと誘い込まれる。見え隠れするピンクの粘膜の可憐さに生唾を飲み込み、彼女の蜜で濡れた勃起の先端を、その中心にあてがった。

「は、あ……入って……くる。佑弥くんのが……お尻……お尻に、あ⁉」

彼女の尻肉をグッと掴み、穂先をめり込ませる。だが、本来は排泄のための器官。まだ亀頭の半分も入っていないのに、強烈な押し戻しに遭い、そこから先に進めない。

（あ……あれ？　彩音さんは……どうやって俺に挿《い》れたんだ……？）

焦って挿れて、彼女のアヌスを傷つけたら大変だ。処女を奪った時より慎重になる佑弥に、焦れた涼香のお尻が催促するように左右に振られる。

「はやく……あ、早く挿れ……て、んふぅぅぅ……」

涼香の背中に、どっと脂汗が浮いた。シーツを掴んで震えている。きっと、肛門を無理矢理に広げられて苦しいのだ。楽にしてやりたいが、佑弥も動けず顔を歪める。

「ふぅおあっ⁉」

その時、ぬめっとした異様な感覚が佑弥の肛門を襲った。初めての体験に躊躇する意気地なしの少年を咎めるように、濡れて尖った肉片が排泄孔に侵入してくる。

「あ……彩音さん⁉」

温かい息遣いが尻に当たる。彩音が、佑弥のアヌスに舌を這わせていたのだ。ぐりぐりと抉るように食い込んでくる舌先に、尻穴が震え、膝が崩れそうになる。

「あふむっ……佑弥さま、お嬢様のお尻はいかがです？　んふ、んふふっ……難儀されているようですね……」

肛門を唾液でベタベタにして、不敵に笑うメイドがエプロンのポケットに手を入れた。

「そ……それは……！」

「さ、わたくしがご指南さしあげますわ！」

取り出されたものに戦慄する。制止する暇もない。彩音は、さっきのアナルバイブを躊躇もせずに佑弥の尻に突っ込んだ。

「おぎゅ、ぐ……あぁぁっ！」

直腸に硬いものを突っ込まれ、とてつもない違和感が体内を走る。それと同時に疼くような妖しい快感が腰の奥に生まれ、ただでさえ硬い勃起をさらにギチギチに硬直させた。

「んふふ……。お尻は挿れづらいので、もっとよーっく濡らしておかないと……」

妖しい笑みで、メイドが結合部に唾液を垂らした。口の中でクチュクチュと攪拌させ、まるで水飴になったようなそれを、肉棒とアヌスに何度も何度も。

「さあ、これで準備は整いましたわ。ふふふ……お楽しみくださいませ！」

彩音が、佑弥に突っ込まれていたバイブをぐりんと捻じった。その衝撃で突き出た腰が、ペニスを涼香のアヌスへと、一気に根元まで埋め込む。

「うぐぁっ⁉　ぐぁぁぁぁ！」

「はきゅうぅぅあぁぁぁぁ⁉　お、お尻……お尻ぃぃぃぃッ‼」

肉棒で串刺しにされた、涼香の背中が反り返る。強張った肛門が、膣口よりも強烈にペニスを締め上げる。身動きひとつできそうにもない締めつけなのに、彩音のアナルバイブに操られ、抽送を強行させられる。

——じゅぶ、ずぶっ、ずぶぶぶ、ずるっ！

「ひ、あひっ、いひっ、おひりッ！　おひりが……はひぃぃあぁぁぁぁッ‼」

膣とはまるで違う直腸の蠢き。処女腔以上かと思うほどの狭隘な肉筒。その中を、カリ首で腸壁を引っ掻きながら強引に往復する肉棒に、涼香の背中がくねる。汗で光る少女の肌が肉欲を刺激し、直腸を抉りまくる。

「はぁ……。後ろから見ると、女の子が女の子を犯しているようです……ふふふっ」

彩音の上擦った声に、佑弥は自分の姿を思い出した。はだけたブラウス。ずれたブラジャー。女装して、スカートの下から生えたペニスで女の子のお尻に突っ込んで。

「佑弥さまったら、女の子の格好で興奮して、ヘンタイさん。ふふふっ……」

「ああ……な、何してるんだ、俺……。ち、違う、俺は……俺はぁ……ッ！」

熱い息で囁かれ、羞恥で頭が沸騰した。自分を取り戻すように、自分は男だと言い聞かせるように、涼香のアヌスを犯しまくる。

「はきゅうぅあぁぁッ！　お、お尻っ！　おちんちんで、お尻、おひりぃ！　な、なんれ……？　なんれ、こんなにお尻、きもちいいのぉぉぉぉッ!?」

髪を振り乱した涼香の身体が、シーツを掴んだままズルズルと滑り落ちた。床に頬を押しつけて、歓喜の涙を絨毯に染み込ませる。なのに、お尻は疲れ知らずで動き続け、温かい直腸と肛門で勃起を扱く。

「や、やぁ……こんなワンちゃんみたいな格好ぉ……。で、でも……頭、真っ白になって……ふぁあぁぁぁ」

「す……凄いよ、涼香さんのお尻っ！　俺のを締めつけて……擦って……あ、あああ！」

「ゆ、佑弥くん、イクの……？　ふぁあはぁっ！　イッて……はぁんっ、いいよっ！　わたしのお尻に、いっぱい、いっぱい、ドロドロのぉ、いっぱいいぃいぃッ！」

頭を上げ、四つん這いになった涼香が激しくお尻を振り立てた。佑弥もラストスパートに入って、抽送の速度を上げる。まるで彼女の肛門から生えたような肉幹を、無我夢中で突きまくる。彩音も二人の間に潜り込み、涼香の恥裂と佑弥の袋を舐め上げる。

「ひぃいぃッ！　お尻っ……おま○こっ！　らめっぇッ、りょ、両方なんてそんな……いッ、ひぃああぁぁぁッ！　らめらめ、らめぇぇぇぇッ！」
「りょ、涼香さん、彩音さんッ！　俺、もう俺……あぐッ……お、おぉぉぉッ！」

絶頂の予感に涼香が振り返る。肛姦の快感によがり狂い、知性のかけらもない顔で、口の端から涎をダラダラ垂れ流して。

「おひり、いいよぉぉッ！　あはぁぁぁッ、来て佑弥くん！　わらひのおひりに、しぇい液、いっぱい飲ませて！」

「いくよ！　涼香さんのお尻に……出すよ、出す……出る、あぁぁぁ、出る、でるッ！」

直腸にカリ首が擦られ、下半身が蕩けるような快感に佑弥の頭が真っ白に濁る。精液が奔流となって直腸の奥へ流れ込む。

――びゅるるるる、びゅる、どぶるるるるぅぅッ！

「ひぃぃいぃいぃいあぁぁあッ！　お尻、お尻、熱……あちゅぅい！　はひぃあぁぁぁ‼」

直腸で射精を受け止め、それでも涼香の身体は止まらなかった。括約筋で勃起を握り締め、もっともっとと精液をねだる。

「あぐぁッ！　りょ、涼香さん！　俺、もう……一回休ませ……あがぁぁッ！」

涼香が正常位に寝返りを打った。ペニスが捻じられる快感に呻きを上げる。アナルセックスの虜《とりこ》になったお嬢様は、幼女のような笑みで、淫らに可愛くおねだりしてくる。

「精液ぃ、もっとちょうだぁい！　お尻ぃ！　あはぁ……もっとお尻で精液飲むのぉ！」

第五章　お嬢様で、アイドルで

早朝、佑弥の家のチャイムが鳴らされた。窓から見た空の色は夜も同然。それに、何と言っても寒い。体温で温まった部分以外の布団は、凍っているのかと思うほど冷たい。

「……気のせいだな」

両親は出張ばかりで、ほとんど独り暮らしのようなもの。お客さんなら自分が出なければならないのだが、こんな季節のこんな時間に、訪ねてくる人はいるはずがない。佑弥は寝ぼけ眼《まなこ》でベッドの奥深くに潜り込み、再び心地よいまどろみの中に落ちていく。

「いい加減に起きてください、遅刻します！」

「うわあぁぁっ⁉」

極寒の空気から守ってくれるはずの羽毛布団を、何者かに思いきり引き剥がされた。発生した冷気の風で凍え死にそうになる。侵入者がいるという脅威を感じながらも、寒さと恐怖で身体を丸くするのが、今の佑弥に取れる防御姿勢の精いっぱい。

「早く支度をしてください、佑弥さま。お嬢様が車でお待ちです」

そんな呼び方をする人物は、一人しか知らない。すっかり覚めてしまった眼で見上げれば、ベッドの脇でメイド服の女性が腰に手を当て仁王立ちしていた。

「あ……彩音さん⁉　どうしてこんな時間に……。じゃなくて、どうやって入ったんですか！　鍵はちゃんと閉めたはず……」

「ご心配には及びません。こんなこともあろうかと、合鍵を作っておきました」

メイドさんの手の中で、キラリと光る真新しい鍵。ご丁寧に、可愛いネコキャラのキーホルダーまで付いている。

「勝手に作らないでよ！　そっちの方が心配だよ！」

「そんなことより、お早く。もう出発しないといけません」

家人に無断で合鍵を作ることの、どこがそんなことだ。そんな反論をする暇もなくパジャマを脱がされてしまう。一瞬この前のようなエッチ展開を期待したが、本当に急いでいるらしい。彩音はタンスを勝手に開け、外出着を適当に見繕う。さあさあと背中を押されながら、まだほの暗い玄関を出た佑弥は、自分の目を疑った。

「な……なんだこりゃあ⁉」

道を塞ぐようにドンと置かれた巨大な物体。特大サイズのキャンピングカーが、家の前に停まっていたのだ。彩音に急かされ、戸惑いながら後方のドアから乗車すれば、まるでワンルームマンションのような内装に圧倒される。だが、高級ソファのようなシートで手を振る少女の姿を見て、やっと安心することができた。

「ごめんなさい。迷惑だった？」

「まぁ……。あ、いや大丈夫だよ。どうせ、家にいてもゴロゴロしてただろうし。でも、こんな凄い車を持ってたんだ？」

「ううん。これは、いりす用にって事務所が……というより、お祖父さまが……」

恥ずかしそうに肩を窄める涼香。合点はいったが、しかし、お年玉でもないだろうに、こんなものをポンと孫に与えられるのだから、お金持ちは羨ましい。

「それでは、出発いたします」

彩音が運転席に乗り込んだ。普通に考えれば、キャンピングカーの行く先はキャンプ場に決まっているが、目的地も聞かせてもらえないまま、車は走り出した。

「――あっちは、いりすの衣装用クローゼット。メイクもできるようになってるの」

最初は恥ずかしそうにしていた涼香も、やはり祖父からのプレゼントは嬉しかったらしく、嬉々として車内を説明してくれた。一応は車なので、ソファはふかふかというわけにはいかないが、普通のシートとは段違いの座り心地。他にもキッチンに冷蔵庫、テレビ、シャワールームまであって、本当にここで暮らせそうだ。

「前の車も大きかったけど……これなら、ゆっくり変身できるね」

「いいえ、これは長距離移動用です。普段はあちらの車を使っていますよ」

「へぇ～。長距離用ですか。…………って長距離⁉」

一体どこに行こうというのだ。人を拉致しておいて、説明不足どころの話ではない。

「バラエティの水泳企画があって、海沿いのホテルへ向かいます。少々遠方ですが、日帰りですから心配なさらなくても大丈夫です」

「可愛いアイドルたちが、プールでくんずほぐれつの水着運動会だよ。佑弥くん、きっと喜ぶと思って」

それは確かに嬉しい。が、他の女の子の水着を見せるために、彼氏を拉致同然で連れ出すとは。心が広くなったというか、身体で繋がって、変な自信をつけてしまったようだ。

「しかし……この寒いさなかに、水泳？」

「屋内の温水プールだから寒くはないって。……あ、そうだ」

何を思い立ったのか、涼香は車内クローゼットに手を伸ばし、いそいそと小さな布切れを引っ張り出した。

「こっちも新調したんだ♪　今日の衣装なんだけど、どっちがいいと思う？」

ぴろっと広げてみせたのは、二組の小さなビキニ。ライトグリーンとパールホワイトのふたつを両手に掲げ、佑弥に選択を迫った。

「急に言われても……。りょ、涼香さんなら、どっちでも似合うと思うよ？」

「ンもう。そういう曖昧な返事はなし！　ほら、ちゃんと見て！」

そう言われても困る。違うと分かっていても、男から見れば、その小さな布切れは下着同然。凝視したらスケベ扱いされそうで、正視しかねる。

「う、うーん……。いりすは髪の色が特殊だからさ、実際に着て合わせてみないと……」

「そうか……そうだよね！」

口から出まかせの提案に、涼香はあっさり乗ってきた。ためらいもなくワンピースを脱ぎ捨てる。ニーソックスに下着という魅惑的な格好が、逆に純情少年の動揺を誘う。

「ちょちょ……涼香さんっ、こんなところで着替えるつもり⁉︎」

「当たり前じゃない。向こうに着く前に決めなきゃいけないんだから……きゃあん！」

ちょっと車が揺れただけなのに、わざとらしい悲鳴を上げて涼香がしがみついてきた。半裸姿の少女の肩から、ブラがはらりと滑り落ちる。豊かな生乳を腕に押しつけられて、少年の下半身も即座に過敏な反応を見せる。

「あ……危ないよ……」

上擦った声で注意すると、涼香は甘えるような仕種で肩に頭を乗せてきた。

「なら……あなたが、しっかり、だっこしてて……」

瞳を揺らして見上げてくるお嬢様。薄く開いた唇から漏れる、熱くて甘い吐息に、佑弥は何も考えられずに引き寄せられる。裸の腰を抱き寄せて、柔らかな唇に吸いつく。

「ん……ふふ……あふ……」

涼香の手が下半身に降りてきた。佑弥のそこが大きく膨らんでいることを確かめ、キスをしながら嬉しそうに微笑む。まるで何かに急き立てられるように、その硬直物を引きずり出したお嬢様は、とろんと蕩けた顔を、淫熱気を放つ股間に埋めてきた。

「あは、大きい……。不思議ね……こんなのが、わたしの身体に入っちゃうなんて……」

不思議なのは佑弥の方だ。掌からはみ出すほどの肉槍を、涼香の小さな口は苦もなく飲み込んでいく。桜貝のように華奢な唇を精いっぱい開いて、扱くように捻じ込んでいく。

「ン……。お仕事中に、これ、欲しくなったら大変だから、今のうちに……ちゅッ」

「おっあっ……はぁ……ッ！」

少女の口の中は、あまりにも温かくて気持ちいい。股間で揺れる長い髪を無意識に撫でると、彼女は嬉しそうに微笑んで、勃起ペニスに啄むようなキスの雨を降らせた。

――じゅぅぅぶ、じゅっる！　ちゅぱちゅぱ、くちゅ、ちゅるるんっ。

肉の柱を、まるで大事な人形を扱うように掌に包み、舌を押しつけ唾液まみれにする。流れ落ちる唾液を啜り、裏筋にキスし、丸い亀頭をくるくる舐める。お嬢様の粘っこいフェラチオに耐えきれなくなった肉棒は、切っ先から透明な涎を垂れ流す。

「あはっ。佑弥くんのおちんちん、おツユがいっぱい溢れてるぅ。ふふふっ、あーむ♪」

涼香が亀頭に吸いついた。小指を立てて根元を軽く扱き、肉ストローから溢れる牡の快感粘液を、音を立てて啜り上げる。

「ずずっ！　じゅるっ……じゅる、ずる、じゅぱっ！」

「おおぉあッ！　りょ、涼香さん、吸って！　……いっぱい飲んで……！」

美少女の立てる下品な音が、少年を忘我の興奮へと駆り立てた。まるで精液袋の中身を全て吸い取られるかのような、頭の芯まで痺れる快感。佑弥は大きく広げた内腿を引き攣らせながら、虚ろな眼で天井を仰いだ。

「ふぁぁぁ……おいひ……んぶっ。佑弥くんのおちんちん……おいひいよ……ちゅぱ！」

「もう……お嬢様、ずるいですわ。わたくしだって、佑弥さまにご奉仕したいのに」

フェラチオの音と喘ぎを聞かされて、運転中で手の離せないメイドが拗ねた。佑弥を見上げた涼香が、肩を竦めながら小さく舌を出す。

「す、すいません彩音さん、つい……。もう終わりにしますから」

佑弥も、唇が気持ちよくて、運転手のことを失念していた。慌てて堪え性のない暴れん棒をしまおうとしたら、彼女の声がそれを制した。

「ああ……申し訳ありません。我慢できずに割り込んでしまって……。どうぞ、わたくしのことは気にせずお楽しみください。到着までは、まだ間がありますから」

そう言われても、自分の下半身のだらしなさを棚に上げて「それじゃ」とはいかない。涼香も多少は申し訳ないと思ったのか、佑弥の脚を枕にしてメイドに詫びる。

「ごめんね。向こうに着いたら、ここで佑弥くんと遊んでていいから」

「そうはいきません。マネージャーとして、ちゃんと現場に同行します。佑弥さまは、お仕事の後でちゃんといただきますわ」

もしかして、いつもこんな調子で佑弥とのプレイを暴露しているのだろうか。本人の意思を確認することなく、貸し借りが成立してしまった。もちろん佑弥に不服はないが、ひと言あってもいいのにと思わないでもない。

「じゃ、彩音さんのお許しも出たことだし。……佑弥くん。続き、しよ♪」

「え……うわぁ！」

涼香がレバーを操作する。背もたれが倒れ、シートが一瞬にして就寝用のベッドに。仰向けに転がった拍子に、お嬢様が軽くキス。膝立ちで顔を跨ぐと、腰をくねらせ下着を脱ぎ去った。見せつけるように、ゆっくりと降りてくる少女の秘裂。近づくごとに、それが花開くように綻んで、佑弥の頬に蜜を垂らす。

「あ……佑弥くんの息……あそこに当たる……ン、ふぅ……」

小山のような乳房の向こうで少女が微笑む。期待に満ちた眼を潤ませる。濃厚な蜜の匂いに酔った佑弥は、その瞳に誘われるように、濡れ陰唇にむしゃぶりついた。

「んぶっ！　涼香さん……む、ん………れろっ」

「あ、はぁぁぁっ！　舌……そんな急に抉っちゃ……あ、あッ！」

強張った太腿が佑弥の頬をキュッと挟んだ。しっとりと滲む少女の汗を感じながら、少女の秘部を夢中で貪る。陰唇の襞を掻き分け、舌先で膣口をくすぐると、涼香は自分の乳房を揉みながら切なげに身体をくねらせた。

「は……ッきゅぅぅうっ！　ペロペロしてる……ゆ、佑弥くんが、おま○こペロペロ……ひ……ひ……っ！　しょ、しょこ、もっと……そこもっと、きゅあぁぁぁンッ！」

舌を小刻みに動かして淫核を苛める。彼女の膝がガクガクと震え、完全にお尻が顔の上に乗ってしまう。秘裂に口を塞がれ息苦しいが、休むことなく彼女を責め続ける。

「らめ！　い……いっちゃうからぁ！　そんなペロペロしたら、い……イッ！」

今度は腰が持ち上がる。絶頂の予兆かと思った佑弥は、そのまま追い打ちを掛けようとした。しかし彼女は背中を反らすように身体を倒すと、百八十度身体を反転させた。意表を突かれて無防備な勃起を、上からぱっくり咥え込む。

「おあっ……はぁぁっ⁉」

「お、お返し……舐め……ふぁぁっ……わらひも、おちんちん舐めりゅぅ！」

半ばうわ言のように悶えながら、大好物の肉棒を口いっぱいに頬張るお嬢様。螺旋を描いてぬるっと亀頭を舐める舌に、あやうく精を漏らしそうになる。呻きながら、目の前で揺れる恥裂を菱形にこじ開け、ピンクの濡れ粘膜に無我夢中でしゃぶりつく。

「ン⁉　んむーッ！　ぷぁ……はぁ、はぁ……！」

ぞろりと膣前庭を舐め上げられて背筋を引き攣らせた涼香は、酸素を貪り、再びペニスに吸いついた。強烈な吸引に加え、右手が袋を揉みほぐす。

「あぅ……お、あッ……」

快感に包まれた男性器が、限界が近いと悲鳴を上げた。このままでは先に果てさせられてしまう。焦った佑弥は、膣口への攻撃に指も動員した。恥穴に突っ込み、掻き混ぜる。ぷっくり充血して膨らんだクリトリスを、嬲《なぶ》るように舌で弾く。

「ひぃぃあぁぁぁッ！　ク、クリちゃん、らめ！　だめだめ、らめぇぇぇぇぇぇっ！」

髪を振り乱し、涼香が超音波のような悲鳴を上げた。下半身がガクガク躍る。もう口を使う余裕もないらしい。痙攣する左手で佑弥の脚を抱え込み、もう一方の手で、快感に急き立てられるように猛然とペニスを扱く。

「あがっ……涼香、さん！　強すぎ……でも、あぁぁ……いく……イきそう……だ！」

佑弥も膝を震わせながら、彼女の性器を舌でぐちゃぐちゃに掻き回した。二本の指を膣

穴に抜き差しし、一番反応のいい肉壁の部分を責め立てる。

「ふみゃぁ……お、おちんちん舐め……欲し……からだ……浮いちゃう、ふぁっ⁉」

涼香の悲鳴が差し迫ったものになる。絶頂が近い。だがそれは佑弥も同じ。すり切れそうな少女の激しい手淫に、精液が噴火口近くまで湧き上がる。真っ白になった頭で、クリトリスを甘噛みし、アヌスへ指をずぶっと突き刺す。

「ひッぎゅあぁぁぁッ⁉　クリちゃんらめっ！　お尻……お尻ぃぃぃ！　あうあぅ、何これ変！　クリちゃん、おしり、イッちゃう、いくの、イク、イッきゅぅあふぁぁぁぁ‼」

身体を強張らせた涼香がグッと勃起を握り締めた。ずるっと滑った手の爪が裏筋を引っ掻き、とんでもない電流が佑弥を襲う。

「ああっ！　そんなっ、出るっ⁉　出る、うあぁぁッ！」

――びゅるるる、びゅるる、びゅる、びゅるるるるぅぅぅっ！

熱い塊が尿道口を押し開いて飛び出す。その衝撃がさらなる快感を呼んで、跳ねる腰で何度も何度も大量の射精液を撃ち続ける。

「あッつぅぅい！　はぅ、ふぅあ、また……またイクッ！　きゅぅぅあぁぁぁあッ！」

上気した少女の顔が、白濁弾を至近距離でもろに被った。突き出した頬も舌も、精液で真っ白。ガクガクと腰を躍らせ、細い腕からは想像できない力で佑弥の脚にしがみつく。

数秒間、全身を痙攣させていた涼香は、一気に脱力してシートに崩れ落ちた。

「あっ、あっ……！　あ……ふ、あぁぁ……」

乳白色に塗りつぶされた目蓋を、気だるそうに開く。前髪は乱れて額に貼りつき、だらしなく開いた口からも精液が垂れる。見るからに悲惨な有様なのに、満足そうに微笑む愛らしさは、少しも損なわれていない。

「あ、はぁ……気持ち、よかったぁ……。今日は……いいお仕事できそう……」

「仕事前にエッチって……ファンが聞いたら卒倒するよ」

快感の余韻に背中を丸め、そのくせ、なおも物欲しそうにペニスを見詰めるお嬢様。貪欲な恋人に呆れながら髪を撫でるが、彼女はその物言いがお気に召さなかったらしい。

「ぶー。半分は佑弥くんのせいじゃない。彩音さーん、佑弥くんがひどいのぉ～」

裸で運転席に駆け寄り彩音に告げ口。長い脚と、ぷりぷりと突き出される小振りなお尻が、男の下半身を疼かせる。

「お嬢様、座っていないと危険です。それと――すみません、早く服を着てください」

「……え？」

いつもの冷静な口調なので分かりづらかったが、彩音の声は焦っていた。彼女も愛撫の声に聞き入るあまり、現場が目の前に迫っていることに気づいていなかったのだ。快感行為後の車内は信じられないほど大騒ぎに。大慌てでシャワーを浴びたまではよかったが、水着が決まっていないメイク道具はどこにいったと、まるで寝坊した学生の朝の風景そのもの。トーストを咥えて「遅刻遅刻」と飛び出すかと思ったほどだ。

「あれ？　あれ!?　ウィッグがない……うそ！」

現場のプールに到着すると同時にメイクを完了。雨宮いりすの完成――と思ったら、肝心のピンクの髪が見当たらないという事件が起きた。あれがないといりすになれない。

「……涼香さん。これ、これじゃない？」

自分たちが絡み合っていたシートの下を覗き込んだ佑弥は、ピンクの塊を発見した。どうやら、騒ぎながら着替えている間に蹴っ飛ばしてしまったようだ。

「それ！　ありがとう佑弥くんっ！　ありがとう！」

「いいから、早く行きなよ」

何度も頭を下げながら走り出すふたりを見送り、佑弥はやれやれと胸を撫で下ろした。

現場のプールは競技大会も行われる大きなもので、観戦用の客席もあった。もちろん、収録の観覧には事前に申し込みが必要なのだが、佑弥の席は涼香たちが確保していた。

「……先ほどは、お見苦しいところを……」

観覧席で撮影開始を待っていると、隣にコート姿の女性が腰を下ろす。見知らぬ女性に話し掛けられ、人違いかと思ったら。

「あれ？　彩音さん、涼……いりすのところにいなくて大丈夫なんですか？」

「お嬢様に、佑弥さまとの見学を許されまして……。聞けば、マネージャーが現場にいないのも珍しくないらしく、自分は大丈夫だからと……」

どうやら、涼香の「おはからい」らしい。せっかく佑弥がいるから一緒に、ということなのか、あるいはそのために佑弥を誘ったのか。彼女のことだから両方かもしれない。

「それにしても……メイド服じゃないんですね」

「お嬢様が言うには、客席もカメラに映るからと……」

佑弥は苦笑した。自分はすっかり見慣れてしまったが、確かにメイド服は目立つ。それにしても、普通の格好の彩音は逆に新鮮だった。コートはシンプルなデザインだが、年齢の割に落ち着いているせいか、セレブの若奥様といった雰囲気がある。

「メイド服はわたくしの誇りですのに……無念ですわ」

当の本人は不満そうだ。よくあんな格好で平気だなとは思っていたが、恥ずかしさとか義務感とかより、彼女には一線を画した自尊心があったようだ。

「――あ、始まるみたいですよ」

スタッフが、進行予定や諸注意を説明する。反響する声に苦心しているが、要は、あくまでも屋内プールの観覧席に過ぎないので、危ないから立ち上がったり暴れたりするなというもの。

「でも、実際に始まったら、注意なんて守られないのではないでしょうか……」

涼香から離れているためか、彩音がソワソワし始めた。不安そうに周囲を見渡したり、控室のある方に向かおうとしたり落ち着かない。たが、佑弥はそれほど心配していなかった。同種の人間は見れば分かる。客の大半はイベント慣れしたアイドルファン。

「うおぉぉおおぉおおぉぉぉおおおぉぉっ！」

水着少女たちの登場に、客席の男子が雄叫びを上げる。空気が震えるような大音量に、彩音がビクッと身を竦めた。ライブなどで慣れているはずだが、そのただ中に身を置くのは初めて。迫力に飲まれてしまったようだ。涼香の方を見る余裕もなく佑弥にしがみつく。

「だ、大丈夫なんですか？」

「平気ですよ。みんな声援を送っているだけでしょ？　せっかくお目当てのアイドルを見に来たのに、変な真似して中止になったらイヤですからね」

ファン心理というものが、少しは理解できたのだろうか。男集団に怯えながら、大声の割にはマナーのいい彼らに、腕を掴んでいた力も緩んできた。

（しかし……これは、目の毒かもしれない……）

涼香には悪いが、彼氏を誘うには、この場は不適切すぎる。何しろ、どちらを向いても肌も露わな女の子ばかり。それも、アイドルという選りすぐりの美少女たちが、眩い笑顔を振りまいているのだから。

ギロッと、いりすがこちらを睨む。射抜くような視線に背筋が伸びる。まるで、鑑賞はいいが浮気は許さないと言っているかのようだ。

（……その心配はないよ）

佑弥は苦笑いで彼女に応えた。確かによりどりみどりなのだが、佑弥の眼は、自然に彼女を追っていたのだから。パールホワイトのビキニを着た、とびきり可愛い彼女の姿を。

（そっちの水着にしたのか。……て、グリーンの方は俺のアレがかかったんだっけ……）

まずはクジ引きでチーム分け。競技内容は、水上尻相撲やウレタンの棍棒で相手を落とすといったセクシー系から、本格的なスピード競技まで様々。アイドルの売り出し方や運動能力によって参加競技も変わってくるようだ。

「あ、ほら佑弥さま！　お嬢様の番ですよ！」

すっかり場に慣れた彩音も、いりすが出るたびにはしゃぎ始めた。彼女が客席に向かって手を振れば、ぶんぶんと手を振り返し、自分が注意を忘れて立ち上がりそうになる。

「みんなー。しっかり、いりすの応援するんだぞー！」

そのメイドのご主人様も、今日は一段と浮かれ気分のご様子。彼女の競技はこれで二種目めだが、さっきはウレタン棒の叩き合いで見事勝利し、対戦相手を水中に落とした。そのため、せっかくプールが舞台なのに、まだ濡れていないという場違いなことに。だが今度は二百メートルメドレー。五十メートルごとに泳法を変えるガチンコ競技だ。

「……そういえば、いりすって泳げるんですか？」

「もちろんです。幼少時より、様々な習い事をこなしてきた方ですから。水泳だって、そこらの小娘には負けません」

両手を握って力説する彩音。お嬢様に入れ込むのは当然とはいえ、相当に鼻息が荒い。せっかく彼女の気分が盛り上がっているのに、落ち着けと言うのも野暮だろう。苦笑してプールに眼を戻せば、気合いが入っているのはお嬢様も同じ。

「おっぱいの大きさでは負けても、泳ぎは絶対に負っけないからねー！」

涼香よりも巨乳のグラビアアイドルを指差して、高らかに勝利宣言をしていた。会場を盛り上げる術を知っているばかりではない。芸能界という厳しい世界に身を置いているだけあって、ライバルと競うこと自体が嫌いではないようだ。

四人の女の子がスタート台でお尻を突き出し、飛び込みの準備。号砲で一斉に水に飛び込んだ。泳ぎの得意な娘ばかりで、抜きつ抜かれつのデッドヒートに。アイドル水泳大会とは思えない好レースに、ひいきのアイドルがいない観客も前のめりで声援を送る。

異変は、興奮が最高潮になる最後のターンで起きた。それ自体がレースに影響したわけではないので、最初は気にした者は少なかった。だが、いりすがトップ争いに絡み、誰の眼にも異常が明らかになる。水の上をふわふわ漂うピンクの物体。その正体を一番よく知る佑弥と彩音の顔から、サーッと血の気が失せた。

「あれは……!? 涼香さん！」

ゴール前でレースが伯仲し、佑弥の必死の呼び掛けは大歓声に掻き消された。いりすがトップで泳ぎきる。割れんばかりの拍手の中、勝利を確信して両手を突き上げる。

「駄目だ！ プールから出ちゃ駄目だ！ 涼香さん！」

水泳大会は録画だったため、その場面はカットされていたが、ネットには即座に情報が流れる。さらに、アイドルの水着ポロリでも期待していたか、潜入していた週刊誌記者の記事をきっかけに、雨宮いりすの正体は、あっさり世間の知るところとなった。

もちろん、実は大企業の社長令嬢というインパクトは大きいものの、一般的な受け止め方は、せいぜい「へー、そうだったのか」程度のもの。今後の活動に支障をきたすものではなかったし、むしろ今まで隠していた分、いりすを知らなかった層にまで知名度を広げ、プラスに転じる可能性もあった。

ただ、佑弥はずいぶんとクラスメイトに責められた。いりすの正体は涼香だと噂になった時、別人だと証言したのが嘘とばれたのだから。しかし、そんなものは自分が我慢すれば済む話。

問題は、彼女の家庭にあった。何しろ祖父以外の家族には秘密、それどころか芸能活動自体を反対されていたのだから。彼女の父親から見れば、これは娘の反逆に等しい。

「旦那様は大変ご立腹で……お嬢様は、お屋敷に監禁状態でございました」

茜色に染まる佑弥の部屋で、彩音が項垂《うなだ》れる。常に定規を当てていたような背筋も前屈みになり、表情にも、いつもの凛とした覇気がない。

正体がばれて、仕事が増えるどころか、キャンセルが相次いだというのだ。涼香の父親が、いりすを使わないよう方々に圧力を掛けたらしい。

「俺のせいです。俺が車の中であんなこと始めたせいで、ウィッグの装着が甘く……」

「いいえ、それは違います！　責任は、お嬢様の活動を管理すべきわたくしに……！」

彩音の表情は、佑弥よりも悔しそうだった。あの時、観客席ではなく涼香の側にいたならと、ずっと自分を責め続けている。

「……そうだ、お祖父さんはどうしたんですか？　そもそも、涼香さんを芸能界入りさせたのはあの人だし、彼女の親父さんの親なら、口添えしてあげられるでしょう？」

いりすの活動再開に、希望が見えた気がした。しかし彩音は、残念そうに息を吐く。

「……大旦那様は隠居の身ですし。それに、三之宮を一代で大企業にしたのは旦那様なので、大旦那様もご子息相手とはいえ頭が上がらないところがあるのです」

「そんなぁ……」

力が抜けた。祖父で駄目なら、誰が涼香の父親を説得できるというのか。

「……悔しいです。せっかく、こんな俺を頼って来てくれたのに……」

佑弥は、部屋の片隅に置かれた涼香のトートバッグを、無念の眼で眺めた。一体どんな手段を使ったのか、彩音は監禁同然だったという三之宮家からお嬢様を連れ出し、ここへと転がり込んできたのだ。車は使えなかったのか、徒歩で来たふたりは疲労困憊《ひろうこんぱい》。

「……それにしても、遅いですね」

ひとまず、お嬢様には入浴してもらっていた。しかし、そろそろ一時間近くになる。女の子の長風呂にしても、ひどく気落ちしていた彼女を思うと心配だ。

「彩音さん、見てきてもらえますか？」

いくら恋人を気取っても、女の子の入浴を覗くわけにはいかない。ところが、メイドは静かに眼を閉じ、首を振った。

「いいえ。佑弥さまにお任せします。……お嬢様を、慰めてあげてください」

「な……慰めるって……⁉　あ、普通の意味で、だよね……」

こんな状況下でもエッチ方面に捉える自分に呆れる。それでも、佑弥は真面目に考えていた。目の前で力なく項垂れる彼女にも、慰めが必要ではないのかと。

躊躇が顔に出ていたらしい。彩音は佑弥の肩に手を置き、顔を傾け軽く口づける。

「……わたくしは、これで大丈夫です」

これまで見たこともない、メイドの柔らかな微笑み。それで安心したというわけではないが、何にせよ、今は、一番気に掛けなくてはならない人がいる。彩音の笑みに背中を押されて、佑弥は浴室へ向かった。

(涼香さん……ショックで倒れたりとかしてないよな……？)

覗き見するような後ろめたさから、足音を忍ばせ脱衣所に入る。着替えは、カゴの中にある。まだ入浴中なのは間違いない。

「……りょ、涼香さん大丈夫？　なんか、長風呂みたいだからさ」

結局、覗き見の言い訳のようになってしまった。怒らないだろうかと緊張しながら返事を待つ。だが、何の反応もない。声どころか、水音ひとつ聞こえてこない。嫌な予感に駆られた佑弥は、慌てて浴室に飛び込んだ。

「涼香さんっ！」

浴槽に腰かけ、少女が、大胆に開け放った窓の外をぼんやりと眺めていた。真っ赤な夕陽が、小さな肢体を照らす。もちろん入浴中なので、その身体は一糸纏わぬ丸裸。細い腰、豊かな乳房。外気が入って冷えたせいか、ピンと尖る胸の蕾まで。

「うわぁあっ！　な、何してるんだよ、外から見られるじゃないか！」

泡を食って浴槽に飛び込み、窓をピシャンと閉めきった。塀もあるし、容易に見られるとは思わないが、万が一ということもある。ともかく、無事は確認できた。ひとまず胸を撫で下ろして彼女の方を振り向けば、そこにはもちろん全裸少女。裸身のあまりの眩しさに、回れ右で固まる。

「……何を慌ててるの？　わたしの裸なんて見慣れてるでしょ？」

直立する背中に、薄笑いの涼香が、もの憂げな声を掛ける。そういう問題ではない。最初からエッチ行為をするつもりならともかく、そうでない時とは、やはり意識が違う。

「ちゃ、ちゃんとお湯に浸かってないと、風邪ひくよ？」

「うん……」

横目で様子を窺う。彼女は曖昧に返事をしながら、口元までお湯に身体を沈めた。膝を抱え、力なく目蓋を伏せる。こんな元気のない涼香は初めて。彼女を放って出ていく気にはなれず、佑弥は浴槽の縁に腰を下ろした。

「佑弥くんにも、迷惑かけちゃったね。……クラスの子とか、騒いでたでしょ？」

「ん、まあ……少しは話題になったけど、案外平気だったよ」

実際は大騒ぎで、矛先は佑弥に向けられたが、そんな状況を彼女に教える必要はない。

「………ウソつき」

咎めるような眼は、すぐに再び下を向いた。

「……ウソつきは、わたし……。お父様に黙って、勝手なことをしていたんだもの……」

力なく呟く彼女に、言葉を失った。胸が、重い。何を言えば元気づけられるのか見当もつかない。あの元気の塊だったようなアイドルが、わがままで自分を振り回してばかりだったお嬢様が、湯船の中で小さくなって泣いている。

「……後悔してるの？　アイドル活動したこと」

ビクッと、涼香の肩が跳ねた。まるで怒ったような涙目で、佑弥の言葉に反発する。

「そんなわけないじゃない！　わたしの夢だったのよ⁉　まだ……まだ、続けたい……」

語尾が、震えた。夢を断たれた悔しさが滲み出る。だが、正直を言えば、佑弥は羨ましかった。ただ漠然と日常を過ごしている自分とは違う彼女が。叶えたい夢があって、それを実現できる力と、行動力と、そして、環境があって。

（なのに……どうして、やっちゃ駄目なんだ⁉）

胸の奥で憤りが湧き上がる。しかし、それを解消できる力など持ち合わせていない。

無力さに苛まれ、ぬるくなったお湯の中で、裸の少女を抱き締める。服がお湯に濡れるのも気にならない。彼女も佑弥の腰に跨がって、背中に腕を回してきた。頬を撫で、そのまま引き寄せるように唇を奪う。

「佑弥くん……。あ……あ……佑弥……くぅぅん……」

キスが、感情のコントロールを失わせたのだろうか。お嬢様は愛らしい顔をくしゃくしやにして、泣きながら唇を押しつけてきた。湯面に浮かんだ乳房が激しく上下するほど、ヒックヒックとしゃくり上げる。

せめて、今だけでも彼女の不安と悔しさを忘れさせてやりたい。佑弥は、涼香の唇が腫れるかと思うほど、ちゅばちゅばと音を立てて激しく吸い立てた。

「佑弥くん……佑弥くん……」

涼香もキスに没頭する。焦燥が彼女の性欲に火を点ける。突き出した舌を煽って、吸うことをねだりながら、右手で佑弥の股間を弄《いじ》り出した。ファスナーを開けると、エサを狙う小魚のように右手が素早く中に潜り、風呂のお湯より熱い肉塊を掴み出す。裏筋に指が触れただけで、溜め息のような呻きが漏れる。痺れる疼きに佑弥は再び立ち上がり、腹を打つほどの急角度で頭をもたげる肉棒を、彼女の唇に突きつけた。

「……舐めて」

催促するより早く、少女がしゃぶりついてきた。喘ぎながら佑弥の尻を掴み寄せ、自分を苛めるように喉の奥まで咥え込む。舐める、などと生易しいものではない。バシャバシャと湯面が跳ねるほど頭を振り立て、口腔内のあらゆるところに亀頭を擦りつける。

「お……あ、涼香さん……凄い、よ……あぅ！」

まるで、自暴自棄になって自分を痛めつけるようなフェラチオだ。それでも佑弥は止めない。今は、彼女の気が済むようにしてやりたかった。

「あふっ……おちんちん……もっと、んむぅ、ンむふッ……あぶっふ……」

　あまりの激しさに、吸い込んだ亀頭で喉を突いて咳き込む涼香。しなやかな舌と、柔らかな頬の内側の肉が肉幹に貼りつく。心地いい、温かい湿り気が佑弥の下半身を覆い、腰が勝手に動き出した。彼女の口が性器であるかのように、疼く肉槍を乱暴に突き入れる。

　——ぐじゅっ、ぶじゅっ、じゅぶる、じゅぶぶ！

「あふ……んぱっ！　はふぅあ……もっと、もっと突いて……わたしを壊して！」

　切ない悲鳴が、胸に痛い。しかし腰の奥で渦巻く欲情は、引き返すことのできないところまで昂っていた。佑弥は彼女の口からペニスを引き抜き、壁に手を突かせるようにして立たせた。

「あふン……佑弥く……くふぁあぁぁあぁあぁぁあぁぁッ!?」

　涼香の背中が仰け反る。立たせた彼女のバックから秘裂を貫いたのだ。ずぶずぶと蜜壺に飲み込まれていく肉の槍。口腔よりも熱く複雑な肉襞に搦め捕られる。

「涼香さん、気持ちいい？　もっと、もっと気持ちよくなって！」

　挿入だけで達した彼女が絶頂から降りきる前に、さらなる快感の高みへ突き上げる。

「ふぁぁっ!?　そんな……イッたばかりで、まだ、そんな……ひッいいいいいあぁぁぁッ!!」

　沸かし直した風呂の中で、佑弥も裸になって一緒に入浴。何度もオーガズムを味わい、やっと涼香の気持ちも落ち着いてきたようだ。それでもまだ触れ合っていたいらしく、胡坐《あぐら》を掻いた佑弥に跨がり、向かい合って挿入していた。ただ、抽送はせず、時折ズキズキ疼く性器の快感に身じろぎしながら、触れるだけのキスを繰り返す。

「……………ありがと、佑弥くん……」

唇の快感にも満足し、涼香は眠たげに瞳を閉じて、甘えるように肩に頭を預けてきた。

少しは彼女を元気づけられただろうか。だが、状況が好転したわけではない。射精の満足感とは裏腹に、佑弥は、内心で自分の無力さに歯噛みしていた。

「お父さんに、理解してもらえるといいのにね」

「…………うん」

身も心も気持ちよくなっていたところに、野暮だとは思う。しかし、この問題から眼を逸らすわけにはいかないし、彼女の逃亡生活も長くは続けられない。これからどうすればいいのか、急いで考える必要がある。

「お父様も、芸能人を馬鹿にしているわけではないのに……」

だとしても、低く見ているのは確かだろう。アイドルなんて、良家の子女のすることではないと思っているのだから。その考えを変えさせるアイデアなどあるのだろうか。

「せめて、いりすがどれだけファンに愛されてるかだけでも、知ってもらえれば……」

「無理よ、そんなの。テレビ出演の予定だってなくされちゃったんだから……」

妨害で活動を著しく制限されている今、ファンを集めるだけでも難しい。仮にそれができたとしても、サイン会やトークライブ程度で、父親を納得させせられるインパクトが与えられるとは思えない。

「……お父様に見せるとしたら、やっぱりライブじゃないと……。でも、ホールの確保やチケットの手配なんて、何カ月も前からしておくものだし」

「そうだよなぁ……」

アイドルの表舞台には詳しくても、事務的なことまでは考えたことがなかった。もう何も思い浮かばない。平凡な学生が、お嬢様やアイドルの助けになりたいなんて、自分の思い上がりを思い知らされた気分だ。

「……お父さんに観てもらうのが目的なんだから、チケットとか入場料とかは必要ないと思うんだけど……。はぁ……。ゲリラライブでもできればなぁ……」

「それですわ！」

「わぁ⁉」

思考に行き詰まったところをメイドが急襲。脱衣所に正座した彩音にガラス戸をガラッと開けられ、ふたりは反射的に抱き合った。

「あ、彩音さん、いつからそこに⁉　まさか、ずっと覗いてたんじゃ……」

「そんなことは問題ではありません」

「大問題よっ！」

きっと、最初から見ていたに違いない。ふたりは抱き合ったまま顔を強張らせた。何しろお湯の中では、下半身が繋がっているのだから。幸い、彩音の関心は、すでにそこにはない様子。さっきの意気消沈ぶりとは打って変わって、瞳を爛々と輝かせる。

「そんなことより、さすがは佑弥さまですわ！　今すぐそれを実行いたしましょう！」

「そ、それって……どれ？」

「もちろん、ゲリラライブですわ！」


佑弥は、眼の前の光景が信じられなかった。市内の運動公園の駐車場に行ってみれば、FAXで送られてきた連絡通り、派手なペイントのトレーラーが停まっていたのだから。

「佑弥さまは、ネットで雨宮いりすのライブがあると宣伝してください」

あの後、彩音はそう言い残してどこかに飛んで行ってしまった。ろくな打ち合わせもなく、そんな大胆なことはできないと躊躇したが。

「彩音さんなら大丈夫」

そこまでメイドとお嬢様に信用されては、動かないわけにはいかない。とはいえ、どこに情報を流せば効果的に宣伝できるのか、さっぱり見当がつかなかった。協力者が必要だ。こういったことに詳しい人が。そして佑弥には、心当たりは一人しかいなかった。

「おーう。そういう話を俺に持ってくるのは正解だ、戸波！」

電話口で桶山の声が弾む。詳しい事情を聞くこともなく、快く引き受けてくれた。いりすのためというよりも、いつもと違って情報を流す側になれるのが嬉しかっただけのようだが。ともかく、彼のおかげで、ゲリラライブの噂はネット上でまたたく間に広がった。

「で、でも……これで涼香さんたちの信用に応えたことになるのかなぁ……」

　そこは、人脈を利用するのも実力のうちと自分を納得させる。ともかく、ライブの準備は整えられた。風呂場でアイデアを呟いてから、まだ二十時間も経っていない。

「凄い……なんて早さだ」

　それればかりではない。桶山の流した情報を信じて、いりすファンが集まっている。ざっと数えただけでも数百人は下らない。いりすが仕事を干されていることは知っているはずなのに、よくもここまで集まったものだ。ライブの情報を流す際、ついでにネットをチェックしたら、いりす引退という噂まで流れていた。たった数日、姿を消しただけなのに。

「だからこそ、ファンとしては自分の眼で確かめたいのかもしれないな……」

　だが佑弥には、もっと気掛かりなことがあった。腕時計を見る。そろそろ開演の時間なのに、まだ現れない。今日、このライブを一番観なくてはいけない人物が。

　陽が落ちた。トレーラーに設置されたライトが灯る。コンテナの側面がゆっくりと開いて、隙間から音楽とスモークが漏れる。

「ぅおぉおおおぉぉぉおおおおぉぉぉっ‼」

　眩い照明の真ん中、今日の主役が跳ね跳んだ。

「みんなー！　久々のおッまたせぇぇぇッ！」

　バックバンドも、派手な演奏でオープニングを盛り上げた。彩音の話では、デビューさせる約束でインディーズのガールズバンドに頼んだらしいが、大胆な賭けに出たものだ。

しかし、佑弥を驚かせたのは別のところだった。いりすの姿に目を疑う。衣装こそいつものものだが、ピンクのウィッグを着けていない。

「あれって……涼香さんの自分の髪じゃないのか？」

表向き、これはいりすの健在をファンにアピールするイベント。だからこそ、格好はいつも通りであるべきはずなのに。

観客も、最初は違和感でざわついた。別人かという声まで上がる。しかし二曲目に入る頃には、彼女のパワフルな歌声に熱狂させられ、そんな疑問は吹き飛んでいた。待ち人が来ずに焦るばかりだった佑弥も、群衆から湧き上がる熱気に巻き込まれていく。

「……これが、君の見せたかったものか」

いりすの歌に浮足立っていた佑弥を、不意に掛けられた重い声が現実に引き戻した。頭から爪先まで、凍りつくような緊張が走る。来たのだ。待ちかねていた「彼」が。

「……初めまして。お嬢さんのクラスメイトの、戸波佑弥です」

「……涼香の父です」

見上げるような巨漢。相手を威嚇するような、厳しい眼つきと口元。その風貌は、生き馬の目を抜く世界で生きてきたことを、十分に窺わせた。いりすの替え玉をしたイベントにもいたはずだが、あの時は緊張で周囲のことなど覚えていない。

そして、本人を目の前にして思う。よくここまで来てくれたものだ。不審と怒り。少年の思惑を探ろうとする鋭い眼差し。ダイレクトにぶつけてくる威圧感。経済界の一角を担う大人物を前にして、それでも、佑弥は不思議と落ち着いていた。

「……俺は、何も言いません。ただ、このステージを見てください」

「だから何だ。私には、娘が遊んでいるようにしか見えない」

その返事は、想定された範囲内。そうでなければ、こんな仕掛けなんて必要ない。

「お嬢さんだけじゃありません。ここにいる人、感じるもの、全部です」

「……君が何を言っているのか分からん」

彼は呆れたように溜め息を吐き、怪訝そうな顔をして、ぐるりと視線を巡らせた。ステージで演奏するバンド。腕を突き上げるファン。そして、いりすに視線が戻る。すると、まるでその時を狙ったように、彼女がこちらを指差した。

「それじゃ、次の曲、いっくよー！」

父親の姿が見えたのだろうか。笑みを浮かべ、長い髪を躍らせるように掻き上げて。強権的な父親に見せるには挑発的な振る舞いに、佑弥さえも首を傾げる。

（ああ、そうか……そういうことか……）

佑弥は、やっと理解した。今回、いりすがウィッグなしでライブに挑んだ意味を。これは、彼女の挑戦なのだ。父親に自分の本当の姿を見せ、認めさせるための。

「みんなー！　ちゃーんと、いりすの歌を聞いてるかぁー!?」

テンションの上がったファンが、声を揃えて呼び掛けに応える。いりすはそれに笑みで頷き、それきり父親を一瞥もしなかった。

「……あんなものの何がいいのか、私にはさっぱり分からん」

涼香の父親が不快そうに踵《きびす》を返す。その背中が物語るものを、佑弥は感じ取っていた。

「そうですか？　あなたはもう分かったはずです。それを認めたくないだけでしょう」

「……何だと？」

睨まれた。いつもの自分なら、恐怖で萎縮していたところだろう。しかし、佑弥は分かってしまったのだ。悔しそうに唇を噛む彼の表情で。

「……涼香さんは、自分のために歌っているんじゃない。彼女の歌は、これだけの……もっと多くの人を動かすことができる。彼らの支えとなる存在になってるんです！」

うまく言えない。伝わったかどうか分からない。しかし佑弥の言葉がなくても、ファンの声だけで十分かもしれない。この、真冬の寒い駐車場に渦巻く熱気で。

「彼女は、あなたの人形じゃありません！　もう自分で道を選んで、進んでるんだ！」

「……子供が知った風な口を利くな」

彼は待たせていた車に乗り込み、そのまま去ってしまった。急に、暗雲のような不安が胸に広がって、人混みの中に潜んでいた小柄な老人と、それに従うメイドを振り返った。

「…………ま、まずかった……かな？」

老人は、もちろん涼香の祖父。さすがに今回の騒動に関しては、責任の一端を感じたらしい。説得がうまくいかなかった時のために、控えていてくれたのだ。だが彼は、ニンマリと破顔して、佑弥の肩をぽんと叩いた。

「心配いらん。ありゃあ、ただの負け惜しみだ。ああ見えて親馬鹿な奴でな、娘が自分の手を離れるのが嫌なんだろう。図体ばかりでかくなって、ワガママな息子だ」

どれだけ成長してもどんなに偉くなっても、この老人からすれば彼もまた子供、ということらしい。佑弥など、去り際の殺されそうな迫力に、今頃身震いし始めたというのに。

「自信を持ってください。佑弥さまはご立派でしたわ。わたくし感動いたしました」

両の掌を胸の前で組んだ彩音の顔が、グイッと鼻先まで迫ってきた。いつになく、ピンクの頬を綻ばせる。彼女にそこまで褒められれば悪い気はしない。現金にも、恐怖心が高揚感に反転する。だが頬が笑みの形になる途中で、一転、彩音が顔を曇らせた。

「でも……旦那様に逆らえる方なんて、経済界でもほとんどいらっしゃらないのに。あんな風に恥を掻かされて、佑弥さま、社会的に抹殺されてしまうかもしれません」

「そ、それってやっぱりまずいじゃないですか！」

「ふふ、冗談です。大丈夫ですよ、多分」

「多分って何ですか、多分て⁉」

やはり、このメイドさんは一筋縄ではいかない。天井知らずに盛り上がるライブをバックに、佑弥はセレブな方々にからかわれ続けた。

ライブ後、涼香は父親と話をすると言って家に戻った。一緒に行こうかと申し出たが。

「ここからは、自分の問題だから」

確かに、もう佑弥にできることはない。彼女を信じて、自宅に戻ることにした。

今日も両親は留守。ただ、今回は仕事ではなく、夫婦水入らずの旅行中。涼香のように干渉されるのも嫌だが、放任が過ぎるのもどうだろうと、自分のことながら苦笑する。

「疲れた……。寝る……前に、いりすのＤＶＤでも観ようかな」

まだ気分が高揚している。なのに、さっきのライブは復帰作戦のせいで中途半端にしか観られず、消化不良気味だ。今夜は彼女の歌声を聞きながら寝よう。だが、上々だった気分は途中で害された。ＤＶＤを再生し始めた途端、玄関のチャイムが鳴ったのだ。

「誰だよ、こんな時間に……て、前にもこんなことあったような……」

時計を見れば、夜の十時。非常識な時間帯の来訪者にデジャブを覚えつつ、玄関のドアスコープから正体を窺う。

「──りょ、涼香さん!?」

「佑弥くんっ！」

予感は的中。ドアを開けるなり、甘い声の少女が首に抱きついた。まだ着替えてもいない、ステージ衣装のままの涼香が。どうしたのかと尋ねる暇もなく唇を塞がれる。背骨を折るつもりかという勢いで抱きつき、くねくねと顔を傾けながら舌が捻じ込まれる。

「もう……お嬢様ったら扉も開けっぱなしで、はしたないですよ」

彼女の背後で、冷静な声のメイドがドアを閉めた。ご丁寧にロックまでしてくれる。唾液を引いて振り返ったお嬢様は、気まずそうに肩を窄めた。

「ごめんなさい彩音さん。だって、嬉しくて……」

「謝るなら、わたくしにではなく、佑弥さまにでしょう」

謝罪など、キスの快感の前にはどうでもいい。それより「嬉しい」理由の方が重要だ。

「涼香さん、それじゃあ……」

「うん、お父様が、好きにしろだって！」

そのセリフと共に勘当されたというなら考え物だが、満面の笑みを見れば分かる。ちゃんと、芸能活動を続ける許可を貰えたのだ。

「でも、あのライブだけで、よく納得させられたね」

「もちろん、それだけでは難しかったかもしれません。ですが、佑弥さまのおかげですわ。旦那様は反省なさっていました。お嬢様は人形でもなければ、もう子供でもないのだと」

「そうよ。わたしはアイドルなんだから」

人形と偶像で、それほど差があるとも思えないが。ともかく、あの父親は認めた。娘の人格と成長と、そして夢を。

「じゃあ、また雨宮いりすとして活動できるんだね？」

「うん！　これも全部佑弥くんのおかげだよ。ありがとう……。だからね、早くお礼がしたくて……来ちゃった」

視界から涼香の姿が消えた。股間辺りでカチャカチャと音がする。靴も脱がずに跪《ひざまず》いた彼女にベルトを外され、あっと思う間もなくジーンズが床に落ちる。

「わぁ!?　ちょ、涼香さん、こんなところで!?」

「……お礼をするって言ったでしょ？」

クスッと微笑み、まだ勃起前のペニスをパクっと咥えた。哺乳瓶のようにチュパチュパしゃぶられ、芯から疼く快感に腰砕けになる。温かい少女の口腔で、またたく間に体積を増やしていく肉塊。涼香の瞳に淫猥な光が宿る。ペニスの変化に対応して吸引のテンポを落とし、じっくり、ねっとり、恋人の肉棒を味わう。

「んふぅ……じゅる……じゅるるっ、ちゅぱっ」

「うはぁうッ！　で、でも俺は……お礼をされることなんて、全然……ぉあうっ！」

亀頭を思いきり吸引され、静電気のような快感に尻肉がキュッと締まった。肉柱の側面に涼香が吸いつく。その柔らかさを堪能していると、反対側にも別の唇が触れてきた。

「ちゅ。……そう言わず、お嬢様の愛撫をお受けください。は、ん……。佑弥さまに支えられて……わらくしたちは……ちゅ、ぺろ」

「あ……彩音さんまで……お、あっ、はぁぁぁ」

メイドが睾丸に吸いつく。涼香が髪を掻き上げながら、大きく開いた口の中に肉竿を頬張る。お嬢様とメイドが頭を寄せ合い、勃起を仔犬のように舐め回す。肉竿を交互に口に含み、ひと扱きごとに交代して、微妙な口腔の温度の違いで佑弥を楽しませる。

——ちゅぱ、れろれろ、ちゅぱちゅぱ、ちゅぷる。

——ちろちろ、じゅる、ずぶぶ、じゅぱっ、じゅぽっ！

「お……はぁぁぁぁ……」

霞んだ視界に映るのは、いつもの見慣れた自宅の玄関。こんなところで美女と美少女の口唇奉仕を受けるなんて。

（き……気持ちいい……。俺……夢でも見てるのか……？）

下半身を包む快感は、頭の中を蕩けさせて現実感が薄い。そんな中、股間の脈動だけが熱く、生々しかった。脚に力が入らない。そのくせ、絶頂を予感した腰がカクカクと前後に動き出す。メイドの肩に手を置いて、速度を上げながらお嬢様の口を突き上げる。

「りょ、涼香さん……俺……俺……！」

「んふっ……ふふっ。……出ちゃう？　いいよ、いっぱい出して……ふぁむ、ちゅっ」

挑発的な笑みで、お嬢様が激しく頭を振り立てた。彩音も、快感で痙攣する脚の付け根を逆撫でするように舐め上げる。視線を感じる。感じている顔をふたりが見ている。女性に追い詰められる羞恥と屈辱が、身体を中から燃え上がらせる。

「お、あッ……あぁぁぁぁあぁッ！」

プライドを刺激された佑弥は、涼香の口から勃起を引き抜き、自らの手で扱き立てた。彼女の頭を引き寄せ、紅潮した顔に砲身の狙いを定める。

「はっ……はぁっ……出す、出す……ああ出る……！」

腰が痺れる。自慰とは思えない快感に、沸騰したように熱い精液が股間を貫く。

「あぁ出して！　佑弥くんの精液、お顔とお口に、いっぱいかけて！」

「わ……わたくしにも、佑弥さまぁ！」

「出すよ……出すよっ！　受け止めて……！　おおぉおあっ、あぁぁあぁぁあぁッ!!」

――どぴゅ、びゅ、びゅるる、びゅる、びゅるるるるぅっ！

「はぁぁ……！　佑弥くんの精液、熱い……おいし……あ、ふぁぁっ！」

断続的に撃ち出された白濁液を、少女たちが舌を突き出し受け止める。その呆けた表情に興奮した佑弥は、肉筆の穂先で、精液を彼女たちの顔に塗り広げた。

ＰＶを流す部屋のテレビが、軽快な音楽を奏でる。マイクを持ったピンクの髪の少女が、ステージの上で妖艶に腰をくねらせる。まるで、恋人の上に跨がって、挿入した肉棒を弄ぶように。

「ほら。ここの涼香さんの腰つきって、凄くやらしいよね。あれって男を誘ってるようにしか見えないよ？」

「や……あぁぁっ。そ、そんなエッチな眼で見ちゃダメ……ふあぁぁ……」

ベッドに横たわる全裸の佑弥の腰の上で、いりすの衣装を着た少女のお尻が羞恥に揺れた。下着を取り払ったスカートの中、踊るように腰がうねる。ただＰＶと違うのは、こちらの股間は本当に肉棒を飲み込んでいるということ。

「知らなかった……。いりすのダンスが、こんなにエッチなものだったなんて……！」

「ち、違うもんっ！　こんなエッチな踊りじゃ……エッチな……ふぁあぁぁあッ！」

口では否定しながら、まるで映像とシンクロするように激しく腰を回転させる涼香。ダンスレッスンで鍛えられた、しなやかな腰使い。強烈に締めつける膣肉内で勃起が嬲り回され、羞恥を煽った佑弥も先触れ液が漏れ続けるほどの快感に呻く。

「おあぁっ……くッ！」

シーツを握って射精に耐えるが、集中力が続かない。彼女が腰をカクカクと揺らすたびスカートが煽られ、内腿を濡らす蜜の甘ったるさと、ゲリラライブで掻いた汗の匂いが鼻孔をくすぐる。獣のような劣情が体内に渦巻き、居ても立ってもいられない。

「あ……あぁぁっ……涼香さん！」

「きゃあ！」

いきなり佑弥が身体を起こしたせいで、不意を突かれた彼女は大股開きの恥ずかしい格好で倒れ込んだ。スカートが捲れ上がり、しっかりと生え揃った下腹部の草叢が丸見え。M字になった脚を慌てて閉じようとする前に、彼女に覆い被さった。

「はぁ……。涼香さんの、匂い……」

首筋に顔を埋めて深呼吸。ペニスで胎内を掻き回されながら汗の匂いを吸い込まれ、少女の肌が桜色にさっと染まる。乾いていたはずの肌から、羞恥の汗が滲み出る。

「に、匂い嗅いじゃ、だめぇぇ……。お、お風呂……お風呂、入れさせてぇ！」

「洗ったら、せっかくの匂いが消えちゃうじゃないか。ん……はぁぁぁ……」

「バカバカ！　あ、きゅうぅぅあぁぁ……」

首や鎖骨に舌を這わせる。汗の味は、媚薬のように佑弥の牡を滾らせた。衝動に操られるまま、震える指でブラウスのボタンを外す。純白のブラも強引にずり上げ、ぷるんと飛び出た乳房の間へ、誘い込まれるように顔を埋めた。

「はぁ……はぁ……っ！　涼香さんのおっぱい……涼香さんの汗……ッ‼」

唾液の跡が残るほど谷間を舐め回し、口に含んだ乳首をちゅばっと吸い、頸動脈に沿って首筋を舐める。性に積極的な彼女も、恥ずかしい匂いを知られる屈辱には耐えきれず、ついにメイドに泣きついた。

「お願い、お風呂ぉ……！　あぁぁ彩音さぁんっ、佑弥くんが、ふあッ、意地悪するぅ」

ベッドの縁に腰かけ、ふたりのセックスを見守っていた彩音だったが、泣きごとを言うお嬢様に呆れて肩を竦めた。

「自分から言い出したのですよ？　今夜は佑弥さまのお願いを何でも聞くと」

「でもでも、こんな……恥ずかし……ふぁあぁんむ⁉」

お嬢様の唇を、メイドがキスで塞いだ。言い分を聞いてくれない涼香は不満げに身悶えする。しかし、なだめるように優しく吸われると、たちまち肩の力が抜けてゆく。

――ちゅ……ちろ、ぷちゅ。

佑弥は、目を丸くした。数センチ前方の至近距離で、お嬢様とメイドの艶やかな唇が重なっている。ぬるぬるねっとり、まるで軟体動物の交尾のように、唾液で濡れた舌が絡み合う。女性同士のキスに興奮し、下半身が異様なまでにいきり立つ。

「……ん……むぅっ⁉」

勃起を膣肉で包んでいた涼香は、その変化をダイレクトに感じ取った。怯えたような少女の視線が、牡の嗜虐《しぎゃく》に火を点ける。佑弥は衝動的に身体を起こすと、彼女の右脚を胸に抱え込んだ。

「涼香さん……涼香さんっ！」

「きゃあぁぁっ！　こんな格好……ふぁあッ⁉　な、なにこれ……へ、変なところにおちんちん当たって……は……はっ……はぃいぃぃあぁぁぁぁンッ！」

初めての体位に、涼香がお腹をうねらせ泣き悶える。今までとは違う膣内の場所でカリを擦られ、ペニスも新鮮な快感に身震いする。膣肉を巻き取るように勃起を抉り込ませ、パンパンと腰がぶつかる卑猥な音に酔い痴れる。

「き、気持ちいい……涼香さんの中、気持ちいい……！」

「あ……あンッ、ふぁ……！　佑弥、くんのっ、おちんちん……おま◯こ擦って……もっと、擦って、おま◯こ……ひぃあぁぁぁン！」

愛らしい声が、恥ずかしげもなく隠語を叫ぶ。開いた脚でスカートは裏返り、ブレザーもブラウスも全開、ずれたブラから零れる乳房も肉棒の抽送で重そうに揺れる。自分のペニスで啼《な》く声は、間違いなく涼香のもの。なのに、乱れた衣服が佑弥を混乱させる。快感で思考が鈍り、自分が誰を抱いているのか分からなくなる。

「はぁ……はぁ……君は……誰？　涼香さん？　いりす……？」

その問い掛けに、羞恥に困惑していた彼女の瞳が、小悪魔のように細くなった。唇に浮かんだ薄い笑みが、逆に甘い問いを返す。

「んふぁ……あは。佑弥くんは……あン、どっちが、いい……？」

「涼香さん……いりす？　涼香さん……？　あ、あぁぁぁッ！」

分からない。どちらも好きすぎて決められない。快感の中に、苛立ちに似た焦燥が生まれ、肉欲の全てを吐き出すように彼女を犯す。

「ふぁぁぁっ！　すごい……おちんちん……太くて、わたしの中……ぐちゃぐちゃあ！」

涼香もシーツを握り締め、涎を垂らしながら腰を波打たせせた。もう彼女の脚を抱えている余裕もない。ベッドに滑り落とした拍子に結合部が捻じれ、甘美すぎる快感がふたりの身体を電撃のように貫く。

「ひあぁぁあああぁぁぁッ!?　おま○こ、おま○こがぁッ！」

四つん這いになった涼香が髪と腰を振り乱した。その向こうの画面で踊る、ピンクの髪の可愛いアイドル。

「いりす……涼香さん……あああ……いりす!?」

「ふふ……おふたりとも素敵ですわ。……ああ、お嬢様のいやらしい割れ目に、佑弥さまのおちんちんが出入りして……あぁぁ……」

狂ったように交わるふたりに興奮した彩音が、いきなり、ふたりのアヌスに指を突き立てた。快感慣れした直腸をくすぐられ、頂点まで一気に駆け上がる。

「きゅあぁぁぁあっ！　お尻ッ！　お尻ダメぇぇぇぇえっ！」

「ふぐぅぁぁあッ、彩音さん！　……俺もっ、俺ぉあぁぁぁぁあっ！」

性感が一気に爆ぜた。勃起が躍る。悶え狂う少女の胎内へ熱い欲望粘液が放たれる。

――びゅるるる、びゅる、びゅるるるるぅ！

「はきゅあぁッ！　あちゅいの膣に……あちゅいの、ほひゅふあぁぁぁ!!」

四つん這いの両腕を突っ張り、背中を窪ませる。まるで子種汁を飲み干すように膣肉を蠢かせ、快感絶頂に身体を震わせる。

「ふあぁぁ……」

佑弥も彼女の中に出しきり、ふたりは重なるようにしてベッドに伏せた。息を荒らげ、しかし、休息は許されなかった。

「んふ……佑弥さま……。次は、わたくしが奉仕する番ですわ……」

涼香の股間からずるっと抜けたペニスを、メイドが握る。しかし、萎えかけていたそれは、射精直後の過敏さで痛いほどの痺れをもたらす。

「ま、待って彩音さん！　俺まだ……あぁ……」

それなのに、彼女の巧みな指使いは、その肉塊に力を取り戻させた。強制的に欲情を再燃させられた佑弥は、虚ろな眼で微笑むお嬢様の見詰める中、脚を広げて待つメイドの中へ、滾る勃起を埋め込んだ。

終章　お嬢様とアイドル。今日はどっちでする？

「それでね、お祖父様ったら警察の方に怒られちゃって」

「け、警察⁉」

涼香の口から出た穏やかでない単語に色を失うが、そう大した話ではないらしい。

「うん。この前のゲリラライブの後で。佑弥くん知ってた？　あれって、事前に届け出が必要なんだって」

教えてあげる的な口調だが、知っている。素人の自分でも、そのくらい承知しているのに、なぜ芸能界に身を置く彼女たちが知らないのか。軽い目眩に額を押さえる。

（俺が彩音さんに教育するなんて、おこがましいと思ってたけど……教えてやれること、いくらでもありそうだな……）

ともかく、引退の危機が嘘のように、いりすは多忙だった。もちろん、学業をおろそかにすれば、今度はそれを口実に活動停止を言われかねないが、優秀な涼香にそんな心配は無用。学年末試験でもトップの座は揺るがないだろう。

そして、試験勉強で忙しいはずの佑弥は、なぜか再び、例の大型キャンピングカーに乗せられていた。

「――ドラマ？　今度はドラマに出るの？」

「うん。前に深夜でやってた番組の特別編で、わたしもゲスト出演するの」

今回は、そのロケ部分の撮影に行く途中らしい。らしい、というのは、佑弥は再び彩音によって拉致されたから。学園から帰ったら、家の前にこの車が鎮座していたのだ。

「今回は一泊いたします。着替えと洗面具はこちらに」

しかも合い鍵を使って家に侵入。旅行の準備を整えての待ち伏せだった。勝手にひとの部屋を掻き回して、プライバシーも何もあったものではない。今後のためにも、運転席の彼女の背中に苦情を申し立てる。

「彩音さん。前もって言ってくれれば、自分で準備しますから」

「わたくしもそう申し上げたのですが、お嬢様がどうしてもと」

隣でいりすに変身中だった涼香が、苦笑いしながら小さく舌を出す。直接現場に行くわけではないので服はいつものワンピースだが、髪はアイドルモードのピンク色。ゲリライブの夜とは正反対の格好だ。こんな場合、どちらの名前で彼女を呼べばいいのか、分からなくなる。

「涼……香さん。あの……変なとことか、見なかったよね？」

例えば、ベッドの下のエロい本とか。それが唯一の不安材料なのだが、佑弥が怒っていると勘違いしたらしい涼香は、彼女らしくもなくおかしな言い訳を口走った。

「ごめんね佑弥くんっ。でもでも、旦那様の準備をするのは、奥さんの務めだから……」

ぽっと顔を赤らめ、大事そうにお腹に手を置く。その仕種の意味を知らない佑弥ではない。エロ本どころか、もっと重大な不安が押し寄せ、顔から一気に血の気が引いた。頭の中を、数々の中出しの記憶が走馬灯のように駆け巡る。

「……まさか……まさか、涼香さんっ⁉」

「うん、佑弥くんにバージン奪われちゃったんだもの。これはもう、お嫁さんになるしか……あれー、どうしたの佑弥くん？」

「いや……何でもない、です……」

気力を失い項垂れた少年の肩を、ぽんぽん叩く涼香。なぜか悪戯っぽく眼を細める。

「あは。もしかして赤ちゃんできたと思った？」

「思ったよ！　てか、それって男には冗談がきつすぎるよ」

彼女はクスクス笑っているが、本気で焦った。これでも、ちゃんと妊娠には気をつけて危ない日は避けていたつもりだったからだ。もっとも、安全な日かどうかは佑弥には分からないわけで、彼女の言うことを信用した上での話。

（い、いや……その考え方が無責任だったのかも）

もし妊娠が本当だとしても、男として責任は免れない。今度からは、しっかりと避妊を考えておくべきかもしれない。

「ごめんね。でも、佑弥くんのお嫁さんになりたいのは、本当だよ？」

腕を絡めてくる少女に、佑弥の胸はときめいた。しかし、彼女はお嬢様。そして、もうひとつの顔は人気アイドル。普通の女の子よりも何倍も高いハードルに、思わず尻ごみしそうになる。

「あらお嬢様、それでしたら、わたくしも佑弥さまのお嫁さん候補ですわ」

「え……ええええっ⁉」

しかも、そこへ彩音までが花嫁候補に名乗りを上げた。意表を突かれ、涼香ではなく佑弥の方が奇声を上げる。

「……わたくしがお嫁さんでは不服ですか？」

「ち、違います！　そういうことではなく！」

もちろん、彩音のことも大好きだ。ただ、彼女にその気があるなんて思いもしなかったのだ。運転席のシート越しに、メイドがクスクスと笑って肩を揺らしているのが見える。

これは、一度にふたりから告白されたと解釈してもいいのだろうか。それとも、両方とも冗談なのか。女性に言い寄られた経験のない少年に、解答例は用意されていない。

「か、からかうのは、やめてよ……」

できることといえば、拗ねてみせることだけ。そんな佑弥の頬を、そっと包むように、涼香の手が添えられた。

「からかってなんかないよ。わたし……佑弥くんの赤ちゃん、欲しいもん」

まるで妊娠をおねだりするように、小首を傾げて見詰める涼香。戸惑いよりも、ためらいよりも、その愛らしい仕種にキュンと胸を締めつけられる。ピンクの髪を揺らして、真剣な瞳の少女が唇を寄せてきた。聞き捨てならないセリフを言っているはずなのに、その美味しそうな艶が思考を麻痺させる。腰を抱き寄せ、佑弥も顔を寄せる。

「あう……！」

しかし、唇が重なる前に不意打ちで股間に快感が走った。肩に頭を預けた涼香が半勃起のペニスを掴み出し、指を絡めて扱き出す。

「んふ……佑弥くんのおちんちん、おっきくなぁれ♪」

その呪文通りに、彼女の手の中で見る間に膨張していく肉欲棒。切ない疼きが腰の中に充満し、フェイントでお預けを食った唇にむしゃぶりつかれる。

「あんっ……ふふ……」

含み笑いを漏らした涼香がシートを倒した。少女の小柄な身体が覆い被さる。上では挿し入れた舌で佑弥の口を蹂躙し、下ではスナップを利かせた手首がリズミカルに勃起を擦る。そして、胸にのし掛かる柔らか巨乳。佑弥の身体に押しつけ捏ねるように回転する動きは、自慰をしているようにしか見えない。

「はぁぁ……涼香さん……エッチすぎるよ……んあっ！」

「……ゆ、佑弥くんこそ、どこ触ってるのよぉ……パ、パンツの中……あっ、そこッ⁉」

反撃のつもりで彼女の下着に手を入れ、お尻の丸みに沿って奥まで進む。アヌスの縁を指でなぞると、涼香は身体を震わせながら激しく唇を吸ってきた。

「んむぅ……！　佑弥くん……ふぁあっ、おし……お尻っ！　……あぁぁンみゅっ！」

「涼香っさんっ……！　そんなに扱いたら……あッ……出ちゃう、よっ……おぉあ⁉」

指が巻きついていたはずの勃起が、いきなり温かくて湿った空間に包まれた。慣れ親しんだ、女性の口腔の感触。思わず腰を突き上げピストン運動で快感を求めるが、涼香は口に吸いついているはず。

「んンっ！　彩音さん、佑弥くんのおちんちん、取っちゃいやぁ……」

車を運転していたはずの彩音が、勃起ペニスを咥えていたのだ。涼香も甘えた声で抗議するが、メイドはお構いなしで佑弥を快感の昂りへと導いていく。

「ん……むふぅ……。申し訳ありません、お嬢様……でも、ふぁむ……わたくし、今回はもう我慢できなくて……」

前回、車内プレイに参加できなかったのがそんなに悔しかったのか、拗ねるように亀頭にキスし、鈴口に溜まった粘液を、音を立てて吸い込んだ。

「ふぉ心配には及びまふぇん。あぷ、時間はたっぷりありまふひ、ふぁーびすエリアに入りまふぃた……外からは見え……むちゅ、ないように……あぁむ、んむっ！」

——じゅるる、ちゅばちゅばっ、ずるるるぅっ！

「お、あぁぁあっ！　待って彩音さん……！　口に入れたまま喋らないで、うぅあぁ！」

腰が躍る。一気に精液まで吸い取られそうな吸引に悶え呻く。フェラチオ上手なメイドに対抗するように、涼香が上半身をはだけた。顔の上に覆い被さり、それでも型崩れしない驚異の乳房をゆらゆら揺らす。佑弥は、まるでエサに釣られる魚のように、唇をくすぐる桃色突起に食いついた。

「あぁぁん！　佑弥くん……佑弥、くんっ！　ふぁあぁぁっ！」

乳首を甘噛みすると、面白いほど甲高い声で仰け反る。佑弥は咥えた蕾を離すまいと、涼香の細い身体を抱き寄せた。

「ふぁぁあっ！　や、やあぁぁぁ……ひッあぁぁぁッ！」

だが、彼女の暴れ方は異常だった。佑弥の腕では押さえきれないほど身を捩り、何かから逃れようとするように腰をクネクネ躍らせる。

「――あ!?」

驚いたことに、彩音は佑弥の肉棒を扱きながら、涼香の秘部を口で愛撫していた。下着を膝まで引き下ろし、お尻の割れ目に鼻が埋まるほど深々と顔を捻じ入れている。

「あ、彩音さん……そ、そこ……ああダメ、そこ、ダメぇぇぇえっ！」

快感のツボを心得た同性の舌愛撫に、お嬢様は軽く達してしまった。ガクンガクンと背中を波打たせ、佑弥の上に突っ伏す。絶頂に導くその早さは、嫉妬すら覚えるほど。

「涼香さん、大丈夫？」

「………うみゃあ？」

涼香が意味不明な言葉を発して顔を上げた。涎が垂れるほど緩んだ彼女の笑みは、理性を残しているように見えない。

「ふふっ……おふたりとも準備は万端ですわね」

彩音が促すと、涼香はもどかしげにパンツを捨て去った。その隙に、佑弥のジーンズとトランクスがメイドの見事な手際で一気に脚から引き抜かれる。

「んふふっ、佑弥くぅん。いっぱい、いーっぱい、赤ちゃん作りしようねぇ」

「ちょ……っ、アイドルがそんなこと……！」

爆弾発言に焦る佑弥の腰に、くねくねと首を揺らしながらピンク髪の少女が跨がった。

淫蜜の滴る恥裂が、張り詰める亀頭にキスをする。甘美な電流は、戸惑いを、あっさりと挿入への欲求に塗り替える。しかし彼女は、浮かせた腰で円を描き、挿入への欲求で涎を垂らす先端を膣口で舐めるばかり。

「あ……あ、そんな……っ！　挿れたい……挿れさせて！」

涼香はカリ首を爪でくすぐりながら、淫靡な笑みで二択を迫った。

「んふふふ……。ね、佑弥くん。今日のお相手はどっちがいい？　涼香？　いりす？」

「そ……！　そんなの決められないよ！　俺は……俺は、どっちも好きなんだ！」

佑弥の答えに、一瞬、驚いたように眼を見開く。しかし、その表情はすぐに蕩けた。

「ンもう、ダメな人。次はちゃんと決めてね？……はぁ……でも、わたしも好き……大好きぃ！」

ずぶずぶと、熱いぬめりに勃起が飲まれる。柔らかな膣肉に抱き締められる。

アイドルとお嬢様、彼女はどちらでも相手をしてくれる。しかも、メイドの奉仕つき。

佑弥は身に余る幸せを感じながら、恋人の膣に勢いよく精を噴き上げた。

二次元ドリーム文庫 新刊情報
2D POCKET NOVELS NEW RELEASE

二次元ドリーム文庫 第214弾

ハーレムスチューデンツ

ドモス王国の王立士官学校に入学した少年ヴィルズ。彼がそこで出会ったのは、麗しき姫騎士ドラグリア、高飛車な魔女娘のヘンリエッタ、ドSな女教官サメロといった絶世の美女たち！　ヴィルズの厳しい修行と色欲まみれのスクールライフが始まる！

小説●竹内けん　挿絵●アライノブ

2月中旬発売予定!

二次元ドリーム文庫 第215弾

お嬢さまとお姉ちゃんと幼馴染みに告白されてヤキモチ修羅場な件

誕生日にクラスメイトのお嬢さま、義理の姉、幼馴染みに連続で告白された宏。ところが勘違いから全員とつきあう三股状態になってしまう！　流されるままに三人とつきあい、エッチをしたり関係を深めていく宏だったが、三股がばれて修羅場に……！

小説●筆祭競介　挿絵●カズナリ

2月中旬発売予定!

二次元ドリーム文庫 第216弾

双子づくり!

「妊娠したほうがお嫁さんね」突如始まった双子の幼なじみとの同棲生活!?　強気な姉におっとり系の妹と、顔は同じで性格が真逆の双子少女たちに、押し入れで、お風呂場で、あの手この手で繰り広げられる花嫁の座争奪・子づくり合戦開幕——!?

小説●大熊狸喜　挿絵●緑木邑

2月中旬発売予定!

お嬢様はヒミツのアイドル！

2012年2月6日　初版発行

著　者　あらおし悠
発行人　岡田英健
編　集　久保田慶太
装　丁　キルタイムコミュニケーション制作部
印刷所　株式会社廣済堂
発　行　株式会社キルタイムコミュニケーション
〒104-0041　東京都中央区新富1-3-7ヨドコウビル
編集部　TEL03-3551-6147／FAX03-3551-6146
販売部　TEL03-3555-3431／FAX03-3551-1208

 ISBN978-4-7992-0188-6 C0193